AF459813

BIBLIOTHÈQUE MORALE

In-8 4me Série.

Tout exemplaire qui ne sera pas revêtu de ma griffe sera réputé contrefait et poursuivi conformément aux lois.

Ch. Barbou

LE CANADA FRANÇAIS

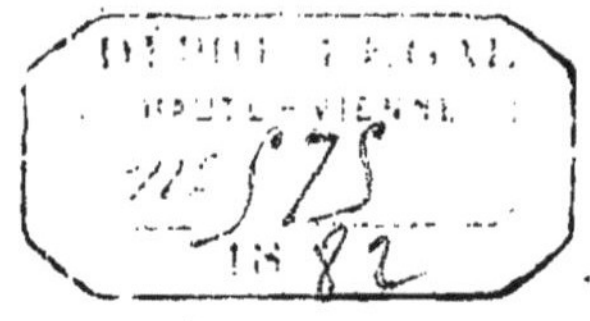

LE CANADA FRANÇAIS

PAR

MADAME DE GÉRANDIN

LIMOGES
ANCIENNE MAISON BARBOU FRÈRES
CHARLES BARBOU, IMPRIMEUR-ÉDITEUR
Avenue du Crucifix.

PREFACE

Vers le commencement du dernier siècle, époque où écrivait le missionnaire dont nous avons suivi la relation dans cet ouvrage, une vierge appelée avec raison la Geneviève de la NOUVELLE FRANCE (1), était en singulière vénération, et parmi les Français qui habitaient les colonies du Canada, et parmi les sauvages. On se rendait de fort loin à son tombeau, et plusieurs personnes étaient, par son

(1) C'est ainsi qu'on appelait le Canada, alors qu'il appartenait à la France.

entremise, guéries sur-le-champ de leurs maladies, et recevaient du ciel d'autres faveurs non moins extraordinaires. Tous ces faits se sont passés publiquement, et personne n'est tenté de les révoquer en doute.

La mémoire de cette illustre vierge n'a été glorifié que parce que son âme fut sainte et pure, et que ses vertus éclatèrent d'une manière admirable, soit dans sa vie, soit dans sa mort, qui fut précieuse devant Dieu.

LE CANADA FRANÇAIS

Tégahkouita, que plus tard nous appellerons Eugénie, naquit, l'an 1656, à Gandaougué, une des bourgades des Iroquois inférieurs appelés Agiez. Son père était Iroquois et infidèle; sa mère, qui était chrétienne, était Algonquine: elle avait été baptisée dans la ville des Trois-Rivières, où elle fut élevée parmi les Français.

Dans le temps qu'on faisait la guerre aux Iroquois, elle fut prise par ces barbares et menée dans leur pays, où, au sein de l'infidélité, elle conserva sa foi jusqu'à la mort. Mariée à un Iroquois, elle eut deux enfants : un garçon et une fille, qui est celle dont nous écrivons la vie ; mais cette bonne Algonquine eut la douleur de mourir sans leur avoir procuré la grâce du baptême. Une petite-vérole, qui ravageait le pays des Iroquois, l'enleva, elle et son fils, en peu de jours. Sa fille en fut attaquée comme les autres ; mais elle ne succomba point à la violence du mal.

Tégahkouita se trouva donc orpheline à l'âge de quatre ans, sous la conduite de ses tantes, et au pouvoir d'un oncle qui était le plus distingué du village. La petite-vérole lui avait affaibli les yeux, et cette incommodité l'empêcha pendant quelque temps de paraître au grand jour. Elle demeurait les jours entiers retirée dans sa cabane; ce qui peu à peu l'habitua à la retraite.

Dans la suite, elle fit par goût ce qu'elle avait fait auparavant par nécessité. Cette inclination pour une vie retirée, si contraire à l'esprit de la jeunesse iroquoise, fut surtout ce qui conserva l'innocence de ses mœurs dans le séjour même de la corruption la plus grande.

Quand elle fut un peu plus avancée en âge, elle s'occupa, dans le ménage, à rendre à ses tantes tous les services dont elle était capable : elle pilait du blé, portait de l'eau ou du bois. Dans ses moments libres, elle faisait divers petits ouvrages, pour lesquels elle avait une adresse extraordinaire. Par cette occupation continuelle, elle évitait deux écueils également funeste à l'innocence : l'oisiveté, si ordinaire, dans son pays, aux personnes du sexe, et qui est pour elle la source d'une infinité de vices, et la passion extrême qu'elles ont de passer le temps dans des visites inutiles, de se montrer aux assemblées publiques et d'y étaler leurs parures. Car il ne faut pas croire que cette sorte de vanité soit le partage des seules nations civilisées : les femmes des sauvages iroquois, surtout les jeunes filles, affectent de paraître ornées de ce qu'elles ont de plus précieux. Leurs ajustements consistent en certaines étoffes qu'elles achètent des Européens, et en des manteaux de fourrures. Il est aussi divers coquillages dont elles se couvrent depuis la tête jusqu'aux pieds ; elles s'en font des bracelets, des colliers, des pendants d'oreilles, des ceintures ; elles en garnissent même leurs souliers, Ce sont là toutes leurs richesses ; mais c'est, parmi elles, à qui se distingue le plus en ajustements.

La jeune Tégahkouita, qui avait naturellement de

version pour toutes les parures de son sexe, ne put toujours résister aux personnes qui lui tenaient lieu de père et de mère; et, pour leur complaire, elle eut quelquefois recours à ces vains ornements. Mais, lorsqu'elle fut chrétienne, elle se fit un grand crime de cette complaisance qu'elle avait eue, et l'expia par des larmes presque continuelles et par une sévère pénitence.

Cependant les nations iroquoises, toujours inquiètes et turbulentes, désolaient nos colonies : dans le but de les mettre à la raison, le roi de France fit porter la guerre dans leur pays, et trois villages des Agniez furent brûlés. Cette expédition répandit la terreur parmi ces barbares, et ils en vinrent à des propositions de paix, qu'on écouta. Leurs députés furent bien reçus des Français, et la paix se conclut à l'avantage des deux parties.

On saisit cette occasion, qui paraissait favorable, pour aller porter la foi chez les Iroquois. Ils avaient déjà quelque teinture de l'Evangile, qui leur avait été prêché par le Père Jogues, de la compagnie de Jésus, surtout ceux d'Onnontagué, parmi lesquels ce Père avait fixé sa demeure, et qui, en récompense de son zèle, le tinrent dans une dure captivité et lui mutilèrent les doigts. Ce ne fut que par un miracle qu'il se déroba pour un temps à leur fureur. Il semble pourtant que son sang devait être la semence du christianisme dans cette terre infidèle. Le Père Jogues, ayant eu le courage d'aller, l'année suivante, continuer sa mission auprès de ces peuples qui l'avaient traité si inhumainement, finit sa vie apostolique dans les supplices qu'ils lui firent endurer. Les travaux de ses deux compagnons furent couronnés par une pareille mort. C'est sans doute au sang de ces premiers apôtres de la nation iroquoise qu'on doit attribuer les bénédictions que Dieu répandit sur le zèle de ceux qui leur succédèrent dans le ministère évangélique.

Le père Firmin, le père Bruyas et le père Pierron, qui savaient la langue du pays, furent choisis pour accompagner les députés iroquois dans leur retour, et pour confirmer, de la part des Français, la paix qui venait de leur être accordée. On confia aux missionnaires les présents que faisait le gouverneur, afin de leur faciliter l'entrée dans ces terres barbares.

Ils y arrivèrent dans le temps que ces peuples ont coutume de se plonger dans toutes sortes de débauches, et personne ne se trouva en état de les recevoir. Ce contretemps procura à la jeune Tègahkouita l'avantage de connaître de bonne heure ceux dont Dieu voulait se servir pour la conduire à une haute perfection : elle fut chargée de loger les missionnaires et de subvenir à leurs besoins. Sa modestie et la douceur avec laquelle elle s'acquitta de cette fonction touchèrent ses hôtes, et elle même, de son côté, fut frappée de leurs manières affables, de leur assiduité à la prière et des autres exercices qui remplissaient leurs journées. Dieu la disposait ainsi à la grâce du baptême, qu'elle aurait demandée si les missionnaires eussent fait un plus long séjour dans son village.

Le troisième jour de leur arrivée, ils furent appelés à Tionnontoguen, où se fit leur réception : elle fut des plus solennelles. Deux des missionnaires s'établirent dans ce village ; le troisième commença une mission dans celui d'Onneiout, à trente lieues plus loin, dans l'intérieur des terres. L'année suivante, on forma une troisième mission à Onnontagué. Une quatrième fut établie à Sonnontouan, et une cinquième au village de Goïogoen. La nation des Ilgniez et celle des Tsonnontouans étant nombreuses et séparées en plusieurs bourgades, on fut obligé d'augmenter le nombre des missionnaires.

Tégahkouita entrait dans l'âge nubile ; ses parents, qui

étaient intéressés à lui trouver un époux, parce que, selon la coutume du pays, le gibier que le mari tue à la chasse est au profit de la femme et de tous ceux de sa famille, songèrent à l'établir le plus tôt possible. La jeune Iroquoise avait des inclinations bien opposées aux desseins de ses parents : avant même qu'elle pût reconnaître l'excellence de la pureté, elle avait eu un grand amour pour cette vertu, et tout ce qui était capable de la souiller tant soit peu lui faisait horreur. Aussi, quand on lui proposa de fixer son sort par une alliance digne de son rang, s'en excusa-t-elle sous divers prétextes, alléguant surtout pour raison sa grande jeunesse et le peu d'inclination qu'elle avait encore pour l'état du mariage.

Ses parents ne la pressèrent pas alors davantage, mais, peu après, ils résolurent de l'engager, lorsqu'elle y penserait le moins, sans même lui laisser la liberté de choisir elle-même son époux. Ils jetèrent les yeux sur un jeune homme dont l'alliance leur paraissait avantageuse, et ils lui en firent la proposition, ainsi qu'à ceux de sa famille. L'affaire étant conclue de part et d'autre, le jeune homme entra le soir dans la cabane de celle qui lui était destinée, et vint s'asseoir auprès d'elle. C'est ainsi que se faisaient les mariages parmi ces sauvages.

« Bien qu'ils poussent le libertinage et la dissimulation jusqu'aux plus grands excès, écrivait un missionnaire, il n'est pas néanmoins de nation qui garde plus scrupuleusement en public les bienséances de la plus exacte pudeur. Un jeune homme serait à jamais déshonoré s'il s'arrêtait à converser publiquement avec une fille. Quand il s'agit de mariage, c'est aux parents à traiter l'affaire, et il n'est pas permis aux parties intéressées de s'en mêler; il suffit même qu'on parle de marier un jeune sauvage avec une jeune Indienne pour qu'ils évitent avec soin de se voir et de se parler. Quand les parents agréent de part et d'autre le mariage, le jeune homme vient le soir dans la cabane de sa future épouse, et il s'assied auprès d'elle, c'est-à-dire qu'il la prend pour femme, et qu'elle le prend pour mari. »

Thégahkouita parut toute déconcertée quand elle vit ce homme assis auprès d'elle : elle rougit d'abord ; puis, se levant brusquement, elle sortit avec indignation de la cabane, et ne voulut point y entrer que le jeune homme n'en fût sorti.

Cette fermeté indigna ses parents, qui crurent recevoir par là un affront, et ils résolurent de n'en pas avoir le dessus. C'est pourquoi ils usèrent de divers stratagèmes pour l'obliger à leur obéir ; mais tous leurs efforts ne servirent qu'à faire éclater davantage la fermeté de leur nièce.

L'artifice n'ayant pas réussi, on eut recours à la violence. On la traita comme une esclave ; elle fut chargée des travaux les plus pénibles et les plus rebutants ; ses actions les plus innocentes étaient malignement interprétées, on lui reprochait sans cesse son peu d'attachement pour ses parents, ses manières farouches et sa stupidité : car c'est ainsi qu'on appelait l'éloignement qu'elle avait pour le mariage ; on l'attribuait à une haine secrète qu'elle portait à la nation iroquoire, parce que, par sa mère, elle était de race algonguine : enfin on mit tout en œuvre pour ébranler sa constance.

La jeune fille souffrit tous ces mauvais traitements avec une patience invincible ; et, sans rien perdre de son égalité d'âme et de sa douceur naturelle, elle rendit tous les services qu'on exigeait d'elle avec une attention et une docilité qui étaient au-dessus de son âge et de ses forces. eu à peu enfin ses parents s'adoucirent ; ils lui rendirent leurs bonnes grâces, et ne l'inquiétèrent plus sur le parti qu'elle avait pris.

En ce même temps, le Père Jacques de Lamberville fut

conduit par la Providence au village de la jeune Iroquoise, et reçut ordre de ses supérieurs de s'y arrêter, bien qu'il semblât plus naturel que ce Père allât se joindre à son frère, qui avait soin de la mission des Iroquois d'Onnontagué. Tégahkouita ne manqua pas d'assister aux instructions et aux prières qui se faisaient tous les jours dans la chapelle; mais elle n'osait s'ouvrir sur le dessein qu'elle avait depuis longtemps d'être chrétienne, soit qu'elle fût arrêtée par l'appréhension d'un oncle de qui elle dépendait absolument, et à qui des raisons d'intérêt donnaient de l'aversion pour les chrétiens, soit que sa pudeur même la rendît trop timide, et l'empêchât de découvrir ses sentiments au missionnaire.

Enfin l'occasion de déclarer le désir qu'elle avait d'être baptisée se présenta à elle lorsqu'elle y pensait le moins. Une blessure qu'elle s'était faite au pied l'avait retenue au village tandis que la plupart des femmes faisaient, dans les champs, la récolte du blé d'Inde. Le missionnaire prit ce temps-là pour faire sa tournée, et pour instruire à loisir ceux qui étaient restés dans leurs cabanes. Il entra dans celle de Tégahkouita. Cette bonne petite fille ne put retenir sa joie à la vue du missionnaire : elle commença d'abord par lui ouvrir son cœur, en présence de ses compagnes mêmes, sur l'empressement qu'elle avait d'être admise au rang des chrétiens ; elle s'expliqua aussi sur les obstacles qu'elle aurait à surmonter de la part de sa famille. Dans ce premier entretien, elle fit paraître un courage au-dessus de son sexe, et la bonté de son naturel, la vivacité de son esprit ; sa naïveté et sa candeur firent juger au missionnaire qu'elle ferait un jour de grands progrès dans la vertu. Il s'appliqua particulièrement à l'instruire des vérités chrétiennes ; mais il ne crut pas devoir se rendre si tôt à ses instances, la grâce du baptême ne devant s'accorder aux adultes, surtout dans ce pays-là, qu'avec précaution et après de longues épreuves. Tout l'hiver fut employé à son instruction et à une revue exacte de ses dispositions intérieures, qu'il désirait rendre entièrement conformes à la perfection évangélique.

Il est surprenant que, malgré le penchant que les sauvages ont à médire, surtout les personnes du sexe, il ne s'en trouvât aucun qui ne fît l'éloge de la jeune catéchumène ; ceux mêmes qui l'avaient persécutée le plus vivement ne purent s'empêcher de rendre témoignage à sa vertu. Le missionnaire ne balança plus à lui administrer le saint baptême, qu'elle demandait avec une sainte impatience. Elle le reçut le jour de Pâques de l'année 1676, et fut nommée Eugénie. C'est ainsi que nous l'appellerons désormais.

La jeune néophyte ne songea plus qu'à remplir les engagements qu'elle venait de contracter. Elle ne voulut pas se borner à l'observation des pratiques communes : elle se sentait appelée à une vie plus parfaite. Outre les instructions publiques auxquelles elle assistait régulièrement, elle en demanda de particulières pour sa conduite intérieure. Ses prières, ses dévotions, ses pénitences, furent réglées, et elle fut si docile à se former selon le plan de perfection qui lui avait été tracée qu'en peu de temps elle devint un modèle de vertu.

Elle passa de la sorte quelques mois assez paisiblement. Ses parents mêmes ne parurent pas désapprouver le nouveau genre de vie qu'elle menait. Mais le Saint-Esprit nous avertit, par la bouche du Sage, que l'âme fidèle qui commence à s'unir à Dieu doit se préparer à la tentation ; et c'est ce qui se vérifia en la personne d'Eugénie. Sa vertu extraordinaire lui attira des persécutions de la part de ceux mêmes qui l'admiraient. Ils regardaient une vie si pure comme un tacite reproche de leurs dérèglements, et, dans le dessein de la discréditer, ils s'efforcèrent, par divers artifices, de donner atteinte à sa pureté. La confiance que la néophyte avait en Dieu, la défiance qu'elle avait d'elle-même, son assiduité à la prière, sa délicatesse de conscience, qui lui faisait appréhender jusqu'à l'ombre même du péché, lui donnèrent une victoire entière sur les ennemis de sa pudeur.

L'exactitude avec laquelle elle se trouvait tous les jours de fêtes à la chapelle fut la source d'un autre orage qui vint fondre sur elle du côté de ses proches. Le chapelet récité à deux chœurs était un des exercices de ces saints jours : cette espèce de psalmodie réveillait l'attention des néophytes, et animait leur dévotion. On y mêlait des hymnes et des cantiques spirituels, que les sauvages chantaient avec beaucoup de justesse et d'agrément; car ils ont l'oreille fine, la voix belle et un goût rare pour la musique Eugénie ne se dispensait jamais de cet exercice. On trouva mauvais, dans la cabane, qu'elle s'abstînt ces jours là d'aller travailler comme les autres à la campagne ; on en vint à des paroles aigres; on lui reprocha que le christianisme l'avait amollie, et l'accoutumait à une vie fainéante ; on ne lui laissa même rien à manger, pour la contraindre, du moins par la faim, à suivre ses parents et à les aider dans leur travail. La néophyte supporta constamment leurs reproches et leurs mépris, et elle aima mieux se passer, ces jour-là, de nourriture que de violer la loi qui ordonne la sanctification des fêtes, et de manquer à ses pratiques ordinaires de piété.

Cette fermeté, que rien n'ébranlait, irrita de plus en plus les parents d'Eugénie. Quand elle allait à la chapelle, ils la faisaient poursuivre à coups de pierres par des gens ivres, ou qui faisaient semblant de l'être ; en sorte que, pour se mettre à couvert de leurs insultes, elle était souvent obligée de prendre des chemins détournés. Enfin tous, jusqu'aux enfants, la montraient au doigt, criaient après elle, et l'appelaient par dérison, la chrétienne.

Un jour qu'elle était retirée dans sa cabane, un jeune homme y entra brusquement, les yeux étincelants de colère, et leva sur elle, comme pour la frapper, la hache qu'il tenait à la main. Peut-être n'avait-il d'autre pensée que celle de l'effrayer. Quoi qu'il en soit des intentions de ce barbare, Eugénie se contenta de baisser modestement la tête, sans faire paraître la moindre émotion. Une intrépidité si peu attendue étonna si fort le sauvage qu'il prit aussitôt la fuite, comme s'il eût été lui-même épouvanté par quelque puissance invisible.

Ce fut dans ces exercices de patience et de piété qu'Eugénie passa l'été et l'automne qui suivirent son baptême. L'hiver lui procura un peu plus de tranquillité ; elle ne laissa pas néanmoins d'avoir à souffrir quelques traverses, surtout de la part d'une de ses tantes. C'était un esprit double et dangereux, qui ne pouvait souffrir la vie régulière de sa nièce, et censurait jusqu'à ses actions et ses paroles même les plus indifférentes.

C'est un usage parmi les sauvages, que les oncles donnent le nom de fille à leurs nièces, et que réciproquement les nièces appellent leurs oncles du nom de père : de là vient que les cousins germains s'appellent communément frères. Il échappa une ou deux fois à Eugénie d'appeler de son nom propre, et non de celui de père, le mari de sa tante : c'était tout au plus une méprise ou un manque de réflexion. Il n'en fallut pas davantage à cet esprit mal fait pour y trouver le fondement d'une calomnie des plus atroces. Elle jugea que cette manière de s'exprimer, qui lui paraissait trop familière, était l'indice d'une liaison criminelle, et à l'instant elle alla trouver le missionnaire pour la décrier dans son esprit, et lui faire perdre les sentiments d'estime qu'il avait pour la néophyte.

« Eh bien ! lui dit-elle en l'abordant, Eugénie, dont

vous estimez tant la vertu, est pourtant une hypocrite qui vous trompe : elle vient, en ma présence, de solliciter mon mari au péché. »

Le missionnaire, qui connaissait cette femme pour un mauvais esprit, voulut savoir sur quoi elle fondait une accusation de cette nature; et, ayant appris ce qui avait donné lieu à un soupçon si odieux, il lui fit une sévère réprimande, et la renvoya bien confuse. Quand il en parla ensuite à la néophte, elle lui répondit avec une candeur et une assurance qui ne s'empruntent guère du mensonge. Ce fut dans cette occasion qu'elle déclara ce qu'on aurait peut-être ignoré, si elle n'avait pas été mise à cette épreuve, que, par la miséricorde du Seigneur, elle ne se souvenait pas d'avoir jamais terni la pureté de son corps, et qu'elle n'appréhendait point de recevoir aucun reproche sur cet article au jour du jugement.

Il était triste pour Eugénie d'avoir tant de combats à soutenir, et de voir son innocence exposée sans cesse aux outrages et aux railleries de ses compatriotes; d'ailleurs elle avait tout à craindre dans un pays où si peu de gens goûtaient encore les maximes de l'Evangile. Elle souhaitait passionnément de se transplanter dans une autre mission, où elle pût servir Dieu en paix et en liberté, c'était le sujet de ses prières les plus ferventes ; c'était aussi l'avis du missionnaire, mais la chose n'était pas facile à exécuter : elle était sous la puissance d'un oncle attentif à toutes ses démarches et incapable de goûter sa résolution, par l'aversion qu'il portait aux chrétiens. Dieu, qui exauce jusqu'aux simples désirs de ceux qui mettent en lui toute leur confiance, disposa toutes choses pour le repos et la consolation de la néophyte.

Il s'était formé depuis peu parmi les Français une colonie d'Iroquois. La paix qui régnait entre les deux nations donnait la liberté à ces sauvages de venir chasser sur nos terres ; plusieurs d'entre eux s'étaient arrêtés vers la prairie de la Madeleine. Les missionnaires qui y demeuraient les rencontrèrent, et les entretinrent à diverses fois de la nécessité du salut. Dieu agit en même temps sur leurs cœurs par l'impression de sa grâce : ces barbares se trouvèrent tout-à-coup changés, et ils se rendirent sans peine à la proposition qu'on leur fit de renoncer à leur patrie et de demeurer parmi nous. Ils reçurent le baptême après les instructions et les épreuves accoutumées.

L'exemple et la piété de ces nouveaux fidèles attirèrent

avec eux plusieurs de leurs compatriotes, et, en peu d'années, la mission de Saint-François-Xavier-du-Sault devint célèbre par le grand nombre et par la ferveur extraordinaire des néophytes. Pour peu qu'un Iroquois y eût de séjour, quoiqu'il n'eût d'autre dessein que de visiter ses parents et ses amis, il perdait aussitôt le désir de retourner dans sa patrie. La charité des néophytes allait jusqu'à partager avec les nouveaux venus les champs qu'ils n'avaient défrichés qu'avec peine ; mais où elle éclatait davantage, c'était dans l'empressement qu'ils faisaient paraître pour les instruire des vérités de la foi : ils y employaient les jours entiers, et souvent une partie de la nuit. Leurs discours, pleins d'onction et de piété, faisaient de vives impressions sur les cœurs de leurs hôtes, et les transformaient, pour ainsi dire, en d'autres hommes. Tel qui, peu auparavant, ne respirait que le sang et la guerre devenait doux, humble, docile et capable de se conformer aux plus grandes maximes de la religion. Ce zèle ne se bornait pas à ceux qui venaient les trouver ; il les portait encore à faire des excursions dans les différentes bourgades de leur nation, et ils revenaient toujours accompagnés d'un grand nombre de leurs compatriotes.

Le jour qu'Eugénie reçut le baptême, le plus considérable des Agniez, après une excursion semblable, retourna à la mission du Sault en compagnie de trente Iroquois de sa nation qu'il avait gagnés à Jésus-Christ. La néophyte eût bien voulu le suivre, mais elle redoutait la colère d'un oncle qui ne voyait qu'à regret le dépeuplement de sa bourgade, et qui se déclarait ouvertement l'ennemi de ceux qui pensaient à aller demeurer parmi les Français.

Ce ne fut que l'année suivante qu'elle trouva les facilités qu'elle souhaitait pour l'exécution de son dessein. Elle avait une sœur adoptive qui s'était retirée avec son mari à la mission du Sault. Le zèle qu'avaient les nouveaux fidèles pour attirer leurs parents et leurs amis dans la nouvelle colonie lui inspira la même pensée à l'égard d'Eugénie : elle s'en ouvrit à son mari, qui y donna les mains. Celui-ci se joignit à un sauvage de Lorette et à plusieurs autres néophytes, qui, sous prétexte d'aller faire la traite des castors avec les Anglais, parcouraient les bourgades iroquoises, à dessein d'engager ceux de leur connaissance à les suivre et à participer au bonheur de leur conversion.

A peine fut-il arrivé dans la bourgade d'Eugénie

qu'il l'avertit secrètement du sujet de son voyage et du désir que sa femme avait de l'avoir auprès d'elle dans la misssion du Sault, dont il lui fit brièvement l'éloge. Comme la néophyte fut transportée de joie à ce discours, il l'avertit de se tenir prête à partir aussitôt qu'il serait de retour d'un voyage qu'il ne faisait chez les Anglais que pour ne point donner d'ombrage à son oncle.

Celui-ci, au retour du néophyte, était absent. Eugénie alla sur-le-champ prendre congé du missionnaire, et le prier de la recommander aux Pères qui gouvernaient la mission du Sault. Le missionnaire, de son côté, qui ne pouvait manquer d'approuver la résolution de la néophyte, l'exhorta à mettre sa confiance en Dieu, et lui donna les conseils qu'il jugea lui être nécessaires dans la conjoncture présente.

Comme le voyage du beau-frère n'était qu'un prétexte pour mieux cacher son dessein, il fut bientôt de retour à la bourgade, et dès le lendemain de son arrivée, il partit avec Eugénie et avec le sauvage de Lorette qui lui avait tenu compagnie. On ne fut pas longtemps à s'apercevoir, dans le village, que la néophyte avait disparu, et l'on se douta qu'elle avait suivi les deux sauvages. On dépêcha aussitôt un exprès vers son oncle pour lui en donner avis.

Ce vieux capitaine, jaloux de l'accroissement de sa nation, frémit de colère à cette nouvelle. A l'instant il chargea son fusil de trois balles, et courut après ceux qui emmenaient sa nièce. Il fit tant de diligence qu'il les joignit en peu de temps. Les deux sauvages, qui avaient prévu qu'on ne manquerait pas de les poursuivre, avaient caché la néophyte dans un bois épais, et s'étaient arrêtés comme s'ils eussent voulu prendre un peu de repos. Le vieillard fut bien étonné de ne pas trouver sa nièce avec ces sauvages. Après un moment d'entretien qu'il eut avec eux, il se persuada qu'il avait cru trop légèrement un premier bruit qui s'était répandu, et retourna sur ses pas vers le village.

Eugénie regarda cette subite retraite de son oncle comme un effet de la protection de Dieu sur elle, et, continuant sa route, elle arriva à la mission du Sault sur la fin de l'automne de l'année 1677.

Ce fut chez son beau-frère qu'elle alla loger. La cabane appartenait à une chrétienne des plus ferventes de ce lieu, nommée Anastasie, dont le soin était d'instruire les personnes de son sexe qui aspiraient à la grâce du baptême. Le zèle avec lequel elle remplissait les devoirs de cet emploi, ses entretiens et ses exemples charmèrent Eugénie ; mais ce qui l'édifia infiniment ce fut la piété de tous les fidèles qui composaient cette nombreuse mission. Elle était surtout frappée de voir des hommes si différents de ce qu'ils avaient été lorsqu'ils demeuraient dans leur pays ; elle comparait leur vie exemplaire avec la vie licencieuse qu'elle leur avait vu mener ; et reconnaissant le doigt de Dieu dans un changement si extraordinaire, elle le remerciait sans cesse de l'avoir conduite dans cette terre de bénédiction.

Pour répondre à la faveur qu'elle venait de recevoir du ciel, Eugènie crut qu'elle devait se donner tout entière à Dieu, sans user d'aucune réserve et sans se permettre le moindre retour sur elle-même. Le lieu saint fit dès-lors toutes ses délices ; elle s'y rendait dès les quatre heures du matin, entendait la messe du point du jour, et assistait ensuite à celle des sauvages, qui se disait au lever du soleil.

Pendant le cours de la journée, elle interrompait de temps en temps son travail pour aller s'entretenir avec Jésus-Christ au pied des autels. Le soir, elle revenait encore à l'église et n'en sortait que bien avant dans la nuit. Quand elle était en prières, elle paraissait toute renfermée au-dedans d'elle-même. Le Saint-Esprit l'éleva en peu de temps à un don si sublime d'oraison qu'elle passait souvent plusieurs heures de suite dans des communications intimes avec Dieu.

A cet attrait pour la prière, elle joignait une application presque continuelle au travail, qui lui devenait doux et agréable par les pieux discours qu'en s'y livrant elle tenait avec Anastasie, cette fervente chrétienne dont nous avons déjà parlé, et avec qui elle avait lié une amitié très-étroite. Leurs entretiens roulaient d'ordinaire sur la douceur qu'on goûte au service de Dieu, sur les moyens de lui plaire et d'avancer dans la vertu, sur quelque trait de la vie des saints, sur l'horreur qu'on doit avoir du péché, et sur le soin d'expier par la pénitence ceux qu'on a eu le malheur de commettre.

Elle finissait la semaine par une recherche exacte de ses fautes et de ses imperfections, pour les effacer dans le sacrement de pénitence, dont elle approchait tous les samedis au soir. Elle s'y disposait par la mortification la plus sévère, et quand elle s'accusait des plus légères fautes, c'était avec des sentiments si vifs de componction qu'elle fondait en larmes, et que ses paroles étaient entrecoupées de soupirs et de sanglots. La haute idée qu'elle avait de la majesté de Dieu lui faisait regarder la moindre offense avec horreur, et quand il lui en était échappé quelqu'une, elle la déplorait amèrement.

Des vertus si marquées ne permirent pas de lui refuser plus longtemps la permission, qu'elle demandait instamment, de faire sa première communion à la fête de Noël qui approchait. C'était une grâce qui ne s'accordait à ceux qui venaient de chez les Iroquois qu'après bien des années et après beaucoup d'épreuves ; mais la piété de Catherine la mettait au-dessus des règles ordinaires.

Elle participa, pour la première fois de sa vie, à la sainte Eucharistie avec une ferveur qui égalait l'estime qu'elle faisait de cette grâce et les empressements qu'elle avait eus de l'obtenir. Toutes les autres fois qu'elle approcha de la sainte table, ce fut toujours avec les mêmes dispositions. Son extérieur pieux et modeste inspirait alors de la ferveur aux plus tièdes ; et, lorsqu'il se faisait une communion générale, les néophytes les plus vertueuses s'empressaient à l'envi de se mettre auprès d'elle, parce que, disaient-elles, la seule vue d'Eugénie leur servait d'une excellente préparation pour communier dignement.

Après les fêtes de Noël, la saison étant propre pour la chasse, elle ne put se dispenser de suivre dans les bois sa sœur et son frère. Elle fit voir alors qu'on peut servir le Seigneur dans tous les lieux où sa providence nous conduit; elle ne relâcha rien de ses exercices ordinaires; sa piété lui suggéra même de saintes pratiques pour suppléer à celles qui étaient incompatibles avec le séjour des forêts.

Son temps était réglé pour toutes ses actions. Dès le matin, elle se mettait en prières, et elle ne les finissait qu'avec celles que les sauvages faisaient en commun selon leur coutume. Le soir elle les continuait bien avant dans la nuit. Quand les sauvages prenaient leur repas pour se disposer à chasser tout le long du jour, elle se retirait à l'écart pour faire quelque oraison : c'était à peu près le temps qu'on a coutume d'entendre la messe de la mission. Elle avait placé une croix dans le tronc d'un arbre qui se trouvait au bord d'un ruisseau : cet endroit solitaire lui tenait lieu d'oratoire. Là elle se mettait en esprit au pied des autels; elle unissait son intention à celle du prêtre;

elle priait son ange gardien d'assister pour elle au saint sacrifice, et de lui en appliquer tout le fruit. Le reste de la journée, elle travaillait avec les autres personnes de son sexe; mais, pour bannir les discours frivoles, et afin de s'entretenir dans l'union avec Dieu, elle entamait toujours quelque discours de piété, ou bien elle les invitait à chanter des hymnes et des cantiques à la louange du Seigneur.

Ses repas étaient très-sobres, et souvent elle ne mangeait qu'à la fin du jour; encore mêlait-elle secrètement de la cendre aux viandes qu'on lui servait, pour ôter à son goût toute la pointe qui en fait le plaisir. C'est une mortification qu'elle pratiqua toutes les fois qu'elle pouvait n'être pas aperçue.

Le séjour des bois ne lui plaisait guère, bien qu'il soit agréable aux femmes des sauvages, parce que, débarrassés des soins domestiques, elles passent le temps dans les divertissements et les festins. Elle soupirait sans cesse vers la saison où l'on a coutume de retourner au village. L'église, la présence de Jésus-Christ dans l'auguste sacrement de nos autels, le saint sacrifice de la messe, les exhortations fréquentes, et les autres exercices de la mission dont on est privé au temps de la chasse, étaient les seuls objets qui la touchassent. Elle avait du dégoût pour tout le reste. Aussi, quand elle se vit une fois de retour à la mission, elle se fit une loi de n'en plus sortir. Elle y arriva vers le temps de la semaine sainte; et c'est pour la première fois qu'elle assista aux cérémonies de ces saints jours.

Nous ne nous arrêterons pas à décrire ici combien elle fut attendrie du spectacle touchant qu'offrirent à son âme ces pieuses méditations sur les douleurs et la mort d'un Dieu immolé pour le salut des hommes, elle répandit des larmes presque continuelles, et forma la résolution de porter le reste de ses jours dans son corps la mortification de Jésus-Christ. Depuis ce temps-là, elle chercha toutes les occasions de se mortifier, soit pour expier des fautes légères qu'elle regardait comme autant d'attentats contre la majesté divine, soit pour rétracter dans elle l'image d'un Dieu crucifié pour notre amour.

Les entretiens d'Anastasie, qui lui parlait souvent des peines de l'enfer et des rigueurs que les saints ont exercées sur eux-mêmes, fortifièrent l'attrait qu'elle avait pour les austérités de la pénitence. Elle s'y sentit encore animée par un accident qui la mit en grand danger de perdre la vie. Elle coupait dans le bois un arbre qui tomba plus tôt qu'elle ne l'avait prévu : elle eut le temps d'éviter, par la fuite, le gros de l'arbre qui l'aurait écrasée ; mais elle ne put échapper à une branche qui lui frappa rudement la tête et la jeta évanouie par terre. Elle ne tarda pas à revenir au sentiment, et on lui entendit prononcer doucement ces paroles :

« Je vous remercie, ô bon Jésus, de m'avoir secourue dans ce danger. »

Elle ne douta point que Dieu ne l'eût conservée pour lui donner le loisir d'expier ses péchés par la pénitence : c'est ce qu'elle déclara à une compagne qui se sentait appelée comme elle à une vie austère, et avec qui elle fut dans une liaison si intime qu'elles se communiquaient l'une à l'autre ce qui se passait de plus secret dans leur intérieur. Cette nouvelle compagne a eu tant de part à la vie d'Eugénie que je ne puis me dispenser d'en parler.

Thérèse (c'est ainsi qu'elle s'appelait) avait été baptisée dans le pays des Iroquois ; mais la licence qui régnait parmi ceux de sa nation, et les mauvais exemples qu'elle avait sans cesse devant les yeux, lui firent bientôt oublier les engagements de son baptême. Le séjour même qu'elle faisait depuis quelque temps dans la mission du Sault, où elle était venue demeurer avec sa famille, n'avait produit qu'un médiocre changement dans ses mœurs. Une aventure des plus étranges opéra enfin sa conversion.

Elle était allée à la chasse avec son mari et un jeune neveu vers la rivière des Outaouacs. Quelques autres Iroquois les joignirent en chemin, et ils formèrent une troupe composée de onze personnes : quatre hommes, quatre femmes et trois jeunes gens. Thérèse seule était chrétienne. La neige, qui ne tomba que fort tart cette année-là, les mit hors d'état de chasser : leurs provisions furent bientôt consommées, et ils se virent réduits à manger quelques peaux qu'ils avaient apportées pour se faire des souliers, ils mangèrent ensuite leurs souliers mêmes, et enfin, pressés par la faim, ils ne se nourrirent plus que des herbes des champs et de l'écorce des arbres.

Cependant le mari de Thérèse tomba dangereusement malade, et obligea les chasseurs à s'arrêter. D'eux d'entre eux, savoir un Agniez et un Tsonnontouan, prirent le parti d'aller un peu au loin pour y chercher quelque bête, avec promesse d'être de retour au plus tard dans dix jours. L'Agniez revint effectivement au temps marqué, mais il revint seul, et assura que le Tsonnontouan avait péri de faim et de misère. On le soupçonna de l'avoir tué et d'avoir vécu de sa chair; car il avouait qu'il n'avait trouvé aucune bête, et cependant il était plein de force et de santé.

Peu de jours après, le mari de Thérèse mourut avec un grand regret de n'avoir pas reçu le baptême, et le reste de la troupe se mit en chemin pour gagner le bas de la rivière et se rendre aux habitations françaises. Après deux ou trois jours de marche, ils s'affaiblirent de telle sorte, faute de nourriture, qu'ils ne purent plus avancer. Le désespoir leur inspira une étrange résolution : ce fut de tuer quelques-uns de la bande afin de faire vivre les autres. On jeta les yeux sur la femme du Tsonnontauan et sur ses deux enfants, qui furent égorgés l'un après l'autre.

Ce spectacle effraya Thérèse : elle avait lieu de craindre le même traitement. Alors elle réfléchit sur le déplorable état de sa conscience; elle se repentit de s'être engagée dans les forêts sans s'être purifiée auparavant par une bonne confession. Elle demanda pardon à Dieu des désordres de sa vie, et promit de s'en confesser au plus tôt et d'en faire pénitence. Sa prière fut écoutée : après des fatigues in croyables, elle arriva enfin au village avec quatre autres qui restaient de cette troupe. Aussitôt arrivée, elle se confessa : mais ce fut là, pour le moment, le seul fruit de sa promesse, car elle se montra lente à réformer ses mœurs et à embrasser les rigueurs de la pénitence.

Un jour qu'elle considérait la nouvelle église qu'on bâtissait au Sault, lorsqu'on y transporta la mission qui était auparavant à la prairie de la Madeleine, elle y rencontra Eugénie, qui regardait aussi cet édifice. Elle se saluèrent l'une l'autre pour la première fois; et, pour entrer en conversation, Eugénie lui demanda quel lieu de l'église était destiné pour les femmes. Thérèse lui montra l'endroit où elle jugeait qu'on devait les placer.

— Hélas ! reprit Eugénie en soupirant, ce n'est pas dans ce temple matériel que Dieu se plaît le plus à demeurer, c'est au-dedans de nous-mêmes qu'il veut habiter : notre cœur est le temple qui lui est le plus agréable. Mais, malheureuse que je suis, combien de fois l'ai-je forcé d'abandonner ce cœur où il voulait régner lui seul ! et ne mériterais-je pas que, pour me punir de mon ingratitude, n me fermât à jamais l'entrée de ce temple qu'on élève à a gloire ?

Ce sentiment d'humilité toucha vivement le cœur de Thérèse : elle se sentit pressée en même temps par les remords de sa conscience d'exécuter enfin ce qu'elle avait promis au Seigneur, et elle ne douta point que Dieu ne lui eût adressé cette sainte fille pour la soutenir de ses conseils et de ses exemples dans le nouveau genre de vie qu'elle voulait embrasser. Elle s'ouvrit donc à Catherine sur les saints désirs que Dieu lui inspirait, et insensiblement l'entretien les porta à se faire part de leurs pensées les plus secrètes. Pour s'entretenir plus commodément, elles allèrent s'asseoir aux pieds d'une croix qui est placée au bord du fleuve Saint-Laurent.

Cette première entrevue, où se découvrit la conformité de leurs sentiments et de leurs inclinations, commença à serrer les liens d'une amitié sainte qui dura jusqu'à la mort d'Eugénie. Depuis ce temps-là, elles furent inséparables ; elles allaient ensemble à l'église, dans les bois et au travail ; elles s'animaient l'une l'autre au service de Dieu par des discours de piété ; elles s'avertissaient de leurs défauts ; elles s'encourageaient à la pratique des vertus austères, et par là elles se servirent infiniment l'une l'autre à avancer de plus en plus dans les voies de la perfection.

Dieu préparait ainsi Eugénie à un nouveau combat que son amour pour la virginité eut à soutenir. Des vues intéressées inspirèrent à sa sœur le dessein de la marier. Elle crut qu'il n'y avait point de jeune homme dans la mission du Sault qui n'ambitionnât le bonheur d'être uni à une fille si vertueuse ; et qu'ayant à choisir dans tout le village, elle aurait pour beau-frère quelque habile chasseur qui porterait l'abondance dans la cabane. Elle s'attendait bien à trouver des difficultés de la part d'Eugénie ; car elle n'ignorait pas les persécutions que cette jeune fille avait déjà souffertes, et la constance avec laquelle elle les avait soutenues ; mais elle se persuada que la force de ses raisons l'emporterait sur sa résistance. Elle la prit donc un jour en particulier, et, après lui avoir témoigné beaucoup plus d'affection qu'à l'ordinaire, elle lui parla avec cette éloquence qui est si naturelle aux sauvages quand il s'agit de leur propre intérêt.

— Il faut l'avouer, ma chère sœur, lui dit-elle avec un air plein de douceur et d'affabilité, vous avez de grandes obligations au Seigneur de vous avoir tirée, aussi bien que nous, de notre malheureuse patrie, et de vous avoir conduite à la mission du Sault, où tout vous porte à la piété. Si vous avez de la joie d'y être, je n'en ai pas moins de vous avoir auprès de moi : vous l'augmentez tous les jours cette joie par la sagesse de votre conduite, qui vous attire l'estime et l'approbation générales. Il ne vous reste plus qu'une chose à faire qui mettra le comble à notre bonheur : c'est de songer sérieusement à vous établir par un bon et solide mariage. Toutes les filles prennent parmi nous ce parti : vous êtes en âge de le prendre comme elles, et vous y êtes obligée plus particulièrement que d'autres, soit pour éviter les occasions du péché, soit pour subvenir aux nécessités de la vie. Il est vrai que nous nous faisons un plaisir, votre beau-frère et moi, de vous les fournir; mais vous savez qu'il est sur le penchant de l'âge, et que nous sommes chargés d'une nombreuse famille. Si nous venions à vous manquer, à qui auriez-vous recours ? Croyez-moi, Eugénie, mettez-vous à couvert des malheurs qui accompagnent l'indigence, pensez au plus tôt à les prévenir pendant que vous pouvez le faire si aisément et d'une manière si avantageuse pour vous et pour notre famille.

Eugénie ne s'attendait à rien moins qu'à une proposition de cette nature; mais sa complaisance et le respect qu'elle avait pour sa sœur lui firent dissimuler sa peine, et elle se contenta de lui répondre, en la remerciant de ses avis, que la chose était de conséquence, et qu'elle y penserait sérieusement. C'est ainsi qu'elle éluda cette première attaque. Aussitôt elle alla trouver le missionnaire pour se plaindre amèrement des importunes sollicitations de sa sœur. Comme il ne paraissait pas tout-à-fait se rendre à ses raisons, et que, pour l'éprouver, il appuyait toutes celles qui pouvaient la faire pencher vers le mariage :

— Ah ! mon Père, lui dit-elle, je ne suis plus à moi, je me suis donnée toute entière à Jésus-Christ ; il ne m'est pas possible de changer de maître. La pauvreté dont on me menace ne me fait pas peur : il faut si peu de chose pour fournir aux besoins de cette misérable vie que mon travail peut y suffire, et je trouverai toujours quelque méchant haillon pour me couvrir.

Le missionnaire la renvoya en lui disant qu'elle se consultât bien elle-même, que la chose méritait qu'elle fit des attentions sérieuses.

A peine fut-elle de retour à la cabane que sa sœur, impatiente de l'amener à son sentiment, la pressa de nouveau de fixer ses irrésolutions par un établissement utile. Mais ayant jugé par la réponse d'Eugénie qu'il n'y avait rien à gagner sur son esprit, elle sut mettre dans ses intérêts Anastasie, que l'une et l'autre regardaient comme leur mère. Celle-ci crut aisément que Eugénie prenait trop légèrement sa résolution, et elle employa tout l'ascendant que son âge et sa vertu lui donnaient sur l'esprit de cette jeune fille pour lui persuader que le mariage était le seul parti qu'elle eût à prendre.

Mais cette démarche n'eut pas plus de succès que l'autre, et Anastasie, qui avait trouvé jusque-là tant de docilité dans Eugénie, fut extrêmement surprise du peu de déférence qu'elle avait pour ses conseils Elle lui fit des reproches amers, et la menaça d'en porter des plaintes au missionnaire. Eugénie la prévint, et, après avoir raconté au Père les peines qu'on lui faisait souffrir pour la déterminer à prendre un parti qui était si peu de son goût, elle la pria de l'aider à consommer le sacrifice qu'elle voulait faire d'elle-même à Jésus-Christ, et de la mettre à couvert des contradictions qu'elle avait à souffrir de la part d'Anastasie et de sa sœur. Il loua son dessein, mais en même temps il lui conseilla de prendre encore trois jours pour délibérer sur une affaire de cette importance, et de faire pendant ce temps-là des prières extraordinaires, afin de mieux connaître la volonté de Dieu ; et lui promit que, si elle persistait dans sa résolution, il mettrait fin aux importunités de ses parents.

Elle acquiesça d'abord à ces propositions ; mais un demi-quart d'heure après, elle revint trouver le missionnaire.

— C'en est fait, lui dit-elle en l'abordant, il n'est plus question de délibérer, mon parti est pris depuis lontemps ; non, mon Père, je n'aurai jamais d'autre époux que Jésus-Christ.

Ce Père ne crut pas s'opposer davantage à une résolution qui lui paraissait inspirée par le Saint-Esprit : il l'exorta donc à la persévérance, et l'assura qu'il prendrait sa défense contre tous ceux qui voudrait désormais l'inquiéter sur cet article. Cette réponse lui rendit sa première tranquillité et rétablit dans son âme cette paix intérieure qu'elle onserva jusqu'à la fin de sa vie.

A peine se fut-elle retirée qu'Anastasie vint se plaindre à son tour de ce que Eugénie n'écoutait aucun conseil et ne suivait que sa propre fantaisie. Elle allait continuer lorsque le missionnaire l'interrompit en lui disant qu'il était instruit de son mécontentement, mais qu'il s'étonnait qu'une ancienne chrétienne comme elle désaprouvât une action qui méritait les plus grands éloges; et que si elle avait de la foi, elle devait connaître quel est le prix d'un état aussi sublime que celui de la virginité, qui rend des hommes fragiles semblables aux anges mêmes.

A ces paroles, Anastasie revint comme d'un profond assoupissement, et, comme elle avait un grand fonds de piété, elle se blâma aussitôt elle-même. Elle admira le courage de cette vertueuse fille, et, dans la suite, elle fut la première à la fortifier dans la sainte résolution qu'elle avait prise. C'est ainsi que Dieu tourna ces différentes contradictions au bien de sa servante. Ce fut aussi pour Eugénie un nouveau motif de servir Dieu avec plus de ferveur; elle ajouta de nouvelles pratiques à ses exercices ordinaires de piété; tout infirme qu'elle était, elle redoubla son application au travail, ses veilles, ses jeûnes et ses autres austérités.

C'était alors la fin de l'automne, où les sauvages ont accoutumé de se mettre en marche pour aller chasser pendant l'hiver dans les forêts. Le séjour qu'Eugénie y avait déjà fait, et la peine qu'elle avait eue de se voir pri vée des secours spirituels qu'elle trouvait au village, lu avaient fait prendre la résolution de n'y jamais retourner de sa vie. Le missionnaire crut cependant que le changement d'air et la nourriture, qui est meilleure dans les forêts, pourraient rétablir sa santé, laquelle était fort altérée : c'est pourquoi il lui conseilla de suivre sa famille et les au tres qui allaient à la chasse. Elle lui répondit avec cet air plein de piété qui lui était si naturel.

— Il est vrai, mon Père, que le corps est traité plus délicatement dans les bois, mais l'âme y languit et ne peut y rassasier sa faim ; au contraire, dans le village, le corps souffre, j'en conviens ; mais l'âme trouve ses délices auprès de Jésus-Christ. Eh bien ! j'abandonne volontiers ce misérable corps à la faim et à la souffrance, pourvu que mon âme ait sa nourriture ordinaire.

Elle resta donc pendant tout l'hiver au village, où elle ne vécut que de blé d'Inde, et où elle eut effectivement beaucoup à souffrir. Mais, non contente de n'accorder à son corps que des aliments insipides, qui pouvaient à peine le soutenir, elle le livra encore à des austérités et à des pénitences excessives, sans prendre conseil de personne, se persuadant que, lorsqu'il s'agissait de se mortifier, elle pouvait s'abandonner à tout ce que lui inspirait sa ferveur. Elle était portée à ces saints excès par les grands exemples de mortification qu'elle avait sans cesse devant les yeux; car l'esprit de pénitence régnait parmi les chrétiens du Sault, et quelques-uns d'entre eux se disposaient, par des macérations volontaires, à souffrir constamment les plus affreux supplices.

La guerre s'était allumée entre les Français et les Iroquois : ceux-ci invitèrent leurs compatriotes qui étaient à la mission du Sault à revenir dans leur pays, où ils leur promettaient une entière liberté pour l'exercice de leur religion. Le refus qui suivit de semblables offres les transporta de fureur, et les chrétiens iroquois qui demeuraient au Sault furent déclarés aussitôt ennemis de la patrie. Un parti d'Iroquois, qui en surprit quelques-uns à la chasse, les amena dans leur pays : ils y furent brûlés à petit feu.

Ces généreux fidèles au milieu des plus cuisantes douleurs, prêchaient Jésus-Christ à ceux qui les tourmentaient si cruellement, et les conjuraient d'embrasser au plus tôt le christianisme pour se délivrer des feux éternels. Un entre autre, nommé Etienne, signala sa constance et sa foi : il était environné de flammes et de fers ardents; sans cesse il encourageait sa femme, qui souffrait le même supplice, à invoquer avec lui le saint nom de Jésus. Etant près d'expirer, il ranima tout ce qu'il avait de force, et, à l'exemple de son saint patron, il pria le Seigneur à haute voix pour la conversion de ceux qui le traitaient avec tant d'inhumanité. Plusieurs de ces barbares, touchés d'un spectacle qui leur était si nouveau, abandonnèrent leur pays et vinrent à la maison du Sault pour y demander le baptême et y vivre selon les lois de l'Evangile.

Les femmes ne cédaient en rien à leurs maris touchant l'ardeur qu'elles faisaient paraître par une vie pénitente; elles allaient même à des excès que le missionnaire avait soin de modérer quand ils venaient à sa connaissance. Outre les instruments ordinaires de mortification qu'elles employaient, elles trouvaient mille invention de se faire souffrir. Quelques-unes se mettaient dans la neige lorsque le froid était le plus piquant; d'autres se dépouillaient jusqu'à la ceinture dans des lieux écartés, et demeuraient longtemps exposés aux rigueurs de la saison, sur les bords d'une rivière glacée, ou le vent soufflait avec fureur.

Il y en a qui, après avoir rompu la glace des étangs, s'y plongeaient jusqu'au cou autant de temps qu'il en fallait pour réciter plusieurs dizaines de leur rosaire. Une entre autres s'y plongea trois nuits de suite, ce qui lui causa une fièvre si violente qu'elle en pensa mourir. Une autre plongea sa fille, qui n'avait que trois ans, dans une rivière glacée, et l'en retira demi-morte. Comme le missionnaire lu reprochait vivement son indiscrétion, elle lui répondit avec une naïveté surprenante, qu'elle n'avait pas cru mal faire, et que, dans la pensée où elle était que sa fille pourrait bien un jour offenser le Seigneur, elle avait voulu lui imposer par avance la peine que mériterait son péché.

Quoique ceux qui faisaient ces mortifications fussent attentifs à en dérober la connaissance au public, Eugénie, qui avait l'esprit vif et pénétrant, ne laissa pas, sur diverses apparences, de conjecturer ce qu'ils tenaient si secret; et, comme elle étudiait tous les moyens de témoigner de plus en plus son amour à Jésus-Christ, elle s'attachait à examiner tout ce qui se faisait d'agréable au Seignenr pour le mettre aussitôt en pratique. C'est pour cela qu'ayant passé quelques jours à Montréal, où elle vit pour la première fois des religieuses, elle fut si charmée de leur piété et de leur modestie qu'elle s'informa curieusement de la manière dont vivaient ces saintes filles et des vertus qu'elles pratiquaient.

Ayant appris que c'étaient des vierges chrétiennes qui s'étaient consacrées à Dieu par un vœu de continence perpétuelle, elle ne donna aucun repos au missionnaire qu'il ne lui eût accordé la pernission de faire le même sacrifice d'elle-même, non plus par une simple résolution de garder la virginité, comme elle l'avait déjà fait, mais par un engagement irrévocable qui l'obligeât d'être à Dieu sans retour. Le Père ne lui donna son consentement qu'après l'avoir bien éprouvée et s'être assuré de nouveau que c'était l'esprit de Dieu qui agissait dans cette bonne fille et qui lui inspirait un dessein dont il n'y avait jamais eu d'exemple parmi les sauvages.

Elle choisit pour cette grande action le jour qu'on célèbre la fête de l'Annonciation de la tres-sainte Vierge. Un moment après que notre Seigneur se fut donné à elle dans a sainte communion, elle prononça avec une ferveur admirable le vœu qu'elle faisait, de virginité perpétuelle; elle s'adressa ensuite à la sainte Vierge, à qui elle avait une dévotion très-tendre, pour la prier de présenter à son Fils l'oblation qu'elle venait de lui faire d'elle-même: après quoi elle passa plusieurs heures au pied des autels, dans un grand recueillement d'esprit et dans une parfaite union avec Dieu.

Depuis ce temps-là, Eugénie ne tint plus à la terre et elle aspira sans cesse au ciel, où elle avait fixé tous ses désirs. Il semblait même qu'elle goûtât par avance les douceurs de ce bienheureux séjour, mais son corps n'était pas assez robuste pour soutenir le poids de ses austérités et l'application continuelle de son esprit à se maintenir dans la présence de Dieu. Il lui prit une maladie violente dont elle ne s'est jamais bien rétablie; il lui en resta toujours un mal d'estomac accompagné de fréquents vomissements et d'une fièvre lente qui la mina peu à peu et la jeta dans une langueur qui la consuma insensiblement.

Cependant on eût dit que son âme prenait de nouvelles forces à mesure que son corps dépérissait : plus elle approchait de son terme, plus on voyait éclater dans elle les vertus éminentes qu'elle avait pratiquées avec tant d'édification. Nous ne nous arrêterons ici à rapporter que celles qui ont fait le plus d'impression, et qui étaient comme la source et le principe de toutes les autres.

Elle avait un tendre amour pour Dieu. Son unique plaisir était de se tenir recueillie en sa présence, de méditer ses grandeurs et ses miséricordes, de chanter ses louanges et de chercher continuellement les moyens de lui plaire.

C'était principalement pour n'être pas distraite par d'autres oensées qu'elle se plaisait si fort à la solitude. Anastasie et Thérèse étaient les deux seules chrétiennes avec qui elle se trouvât volontiers, parce qu'elles parlaient bien de Dieu et que leurs entretiens ne respiraient que le divin amour. De là venait cette dévotion particulière qu'elle avait pour la sainte Eucharistie et pour la passion du Sauveur. Ces deux mystèrss de l'amonr d'un Dieu caché sous le voile eucharistique et mourant sur une croix occupaient sans cesse son esprit et embrassaient son cœur des plus pures flammes de la charité. On la voyait tous les jours passer des heures entières au pied des autels, immobile et comme transportée hors d'elle-même ; ses yeux expliquaiént souvent les sentiments de son cœur par l'abondance des larmes qu'ils répandaient, et elle trouvait dans ces larmes de si grands délices qu'elle était comme insensible au froid des plus rudes hiver. Quelquefois la voyant transie, le missionnaire la renvoyait dans sa cabane pour s'y chauffer : elle obéissait à l'instant; mais, un moment après, elle revenait à l'église et y continuait de longs entretiens avec Jésus-Christ.

Pour entretenir sa dévotion aux mystères de la passion du Sauveur et l'avoir toujours présente à sa mémoire, elle portait au cou un petit crucifix que le Père lui avait donné : elle le baisait sans cesse avec des sentiments de la plus tendre compassion pour Jésus souffrant, de la plus vive reconnaissance pour le bienfait de notre rédemption. Un jour, voulant particulièrement honorer Jésus-Christ dans ce double mystère de son amour, après avoir reçu la sainte communion, elle fit une oblation perpétuelle de son âme avec Jésus dans l'Eucharistie, et de son corps à Jésus attaché à la croix ; et dès-lors elle fut ingénieuse à imaginer tous les jours de nouvelles manières d'affliger et de crucifier sa chair.

Quand elle allait dans les bois pendant l'hiver, elle suivait de loin ses compagnes ; elle ôtait ses souliers et marchait nu-pieds sur la glace et sur la neige. Ayant ouï dire à Anastasie que, tous les tourments, celui du feu était le plus affreux, et que la constance des martyrs qui avaient souffert ce supplice pour défendre leur foi devait être d'un grand mérite auprès du Seigneur, la nuit suivante elle se brûla les pieds et les jambes avec un tison ardent, à peu près de la même manière que les Iroquois brûlent leurs esclaves, se persuadant que, par cette action, elle se déclarait l'esclave de son Sauveur.

Une autre fois, elle parsema la natte où elle se couchait

de grosses épines dont les pointes étaient fort aiguës, et à l'exemple de saint Benoît et du bienheureux Louis de Gonzague, elle se roula trois nuits de suite sur ces épines qui lui causèrent des douleurs très-vives. Elle en eut le visage tout pâle et tout défait, ce qu'on attribuait à ses indispositions.

Mais Thérèse, cette compagne en qui elle avait pris tant de confiance, ayant découvert la source de cette pâleur extraordinaire, lui en fit scrupule, en lui déclarant que c'était offenser Dieu que de se livrer à ces sortes d'austérités sans la permission de son confesseur. Eugénie, qui tremblait aux seules apparences du péché, alla aussitôt trouver le le Père pour lui avouer sa faute. Il la blâma de son indiscrétion, et lui ordonna d'aller jeter ces épines au feu. Elle le fit aussitôt, car elle avait une soumission aveugle aux volontés de ceux qui gouvernaient sa conscience; et, quelque éclairée qu'elle fût des lumières dont Dieu la favorisait, elle ne fit jamais paraître le moindre attachement à son propre sens.

Sa patience était à l'épreuve de tout. Au milieu de ses infirmités continuelles, elle conserva toujours une paix et une égalité d'âme qui nous charmaient. Il ne lui échappa jamais, ou de se plaindre, ou de donner le moindre signe d'impatience. Les deux derniers mois de sa vie, ses souffrances furent extraordinaires : elle était obligée de se tenir jour et nuit dans la même posture, et le moindre mouvement lui causait des douleurs très-aiguës. Quand ces douleurs se faisaient sentir avec le plus de vivacité, c'était alors qu'elle paraissait plus contente, s'estimant heureuse, comme elle le disait elle-même, de mourir sur la croix, et unissant sans cesse ses souffrances à celles de son Sauveur.

Comme elle était remplie de foi, elle avait une haute idée de tout ce qui a rapport à la religion; c'est aussi ce qui lui inspirait un respect particulier pour ceux que Dieu appelle au ministère évangélique. Son espérance était ferme, son amour désintéressé, servant Dieu pour Dieu même, par le seul désir de lui plaire. Sa dévotion était tendre jusqu'aux larmes ; son union avec Dieu, intime et continuelle, ne le perdait jamais de vue dans toutes ses actions, ce qui l'éleva en peu de temps à un état d'oraisons très-sublime.

Enfin rien ne fut plus remarquable en elle que cette pureté angélique dont elle fut si jalouse, et qu'elle conserva jusqu'au dernier soupir. Ce fut un miracle de la grâce qu'une jeune Iroquoise ait eu tant d'attrait pour une vertu si inconnue dans son pays, et qu'elle ait vécu dans une si grande innocence de mœurs pendant vingt années qu'elle a demeuré dans le centre même du libertinage et de la dissolution.

C'est cet amour pour la pureté qui produisait dans son cœur cette tendre affection pour la Reine des vierges. Eugénie ne parlait jamais de Notre-Dame qu'avec transport; elle avait appris par cœur ses litanies, et elle les récitait tous les soirs en particulier, après les prières communes de la cabane. Elle portait toujours sur elle un chapelet qu'elle récitait plusieurs fois. Les samedis et les autres jours qui sont particulièrement consacrés à l'honorer, elle faisait des austérités extraordinaires, et elle s'attachait à l'imiter dans la pratique de quelques-unes de ses vertus. Elle redoublait sa ferveur lorsqu'on célébrait quelqu'une de ses fêtes, et elle choisissait ces saints jours pour faire à Dieu quelque nouveau sacrifice ou pour renouveler ceux qu'elle avait déjà faits.

Une vie si sainte devait être suivie de la plus précieuse mort. Ce fut aussi dans les derniers moments de sa vie qu'elle édifia le plus par la pratique de ses vertus, et surtout par sa patience et par son union avec Dieu. Elle se trouva fort mal vers le temps où les hommes sont à la chasse dans les forêts, et où les femmes sont occupées, depuis le matin jusqu'au soir, dans la campagne. Alors ceux qui sont malades restent seuls le long du jour dans leur cabane, avec un plat de blé d Inde et un peu d'eau qu'on met le matin auprès de leur natte.

Ce fut dans cet abandon qu'Eugénie passa tout le temps de sa dernière maladie; mais ce qui aurait accablé une autre de tristesse contribuait à augmenter sa joie en lui fournissant de quoi augmenter son mérite. Accoutumée à s'entretenir seule avec Dieu, elle mettait en profit sa solitude, elle s'en servait pour s'attacher davantage à son Créateur par des prières et par des méditations ferventes.

Cependant le temps de son dernier sacrifice approchait, et ses forces diminuaient chaque jour. Elle baissa considérablement le mardi de la semaine sainte, et l'on jugea à propos de lui donner le saint Viatique, qu'elle reçut avec ses sentiments ordinaires de piété. Le prêtre voulait lui administrer en même temps l'extrême-onction; mais elle lui dit que rien ne pressait encore, et, sur sa parole, il crut pouvoir différer jusqu'au lendemain matin. Elle passa le reste du jour et de la nuit suivante dans de fervents entretiens avec notre Seigneur et la sainte Vierge.

Le mercredi matin, elle reçut la dernière onction avec les mêmes sentiments de piété, et, sur les trois heures après midi, après avoir prononcé les saints noms de Jésus et de Marie, elle entra dans une douce agonie, après quoi elle perdit tout-à-fait l'usage de la parole. Comme elle conserva une parfaite connaissance jusqu'au dernier soupir, elle s'efforçait de former intérieurement tous les actes que le prêtre lui suggérait. Après une petite demi-heure d'agonie, elle expira paisiblement, comme si elle fût entrée dans un doux sommeil.

Ainsi mourut Eugénie Tegahkouita, dans la vingt-quatrième année de son âge, ayant rempli cette mission de l'odeur de ses vertus et de l'opinion qu'elle y laissa de sa sainteté. Son visage qui avait été extrêmement exténué par ses maladies et par ses austérités continuelles, parut si changé et si agréable quelques moments après sa mort que les sauvages qui étaient présents ne pouvaient en marquer assez leur étonnement, et qu'on eût dit qu'un rayon de la gloire, dont il y avait lieu d'espérer qu'elle venait de prendre possession, rejaillissait jusque sur son corps.

Deux Français qui venaient de la prairie de la Madeleine pour assister, le jeudi matin, au service, la voyant étendue sur sa natte avec ce visage si frais et si doux, se dirent l'un à l'autre : « Voilà une jeune femme qui dort bien paisiblement. » Mais ils furent bien surpris quand ils apprirent, un moment après, que c'était le corps d'Eugénie, qui était décédée ; ils retournèrent aussitôt sur leurs pas ; ils se mirent à genoux à ses pieds et se recommandèrent à ses prières. Ils voulurent même donner une marque publique de la vénération qu'ils avaient pour la défunte, en faisant faire à l'instant un cercueil pour renfermer ses saintes reliques.

Nous nous servons de ces termes avec d'autant plus de confiance que Dieu ne tarda pas à honorer la mémoire de cette vertueuse fille par une infinité de guérisons miraculeuses qui se sont faites après sa mort. Ceci était si connu non-seulement des sauvages, mais encore des Français qui étaient à Québec et à Montréal, qu'ils venaient souvent à son tombeau, soit pour y accomplir leurs vœux, soit pour la remercier des grâces qu'elle leur avait obtenues du ciel.

Nous pourrions vous rapporter ici un grand nombre de

guérisons miraculeuses, qui ont été attestées par des gens dont la lumière et la probité ne peuvent être suspectes; mais nous nous contentons de faire connaître le témoignage de deux personnes remplies de vertu, de mérite, qui ont éprouvé elles-mêmes le pouvoir de cette sainte fille auprès de Dieu, et qui ont cru devoir en laisser un monument public à la postérité, pour satisfaire tout à la fois leur piété et leur reconnaissance.

Le premier témoignage est de M. de la Colombière, chanoine de la cathédrale de Québec, grand-vicaire du diocèse. Il s'exprime en ces termes :

» Ayant été malade à Québec l'année passée, depuis le
» mois de janvier jusqu'au mois de juin, d'une fièvre
» lente, contre laquelle tous les remèdes avaient été inuti-
» les, et d'un flux que l'ipécacuanha même n'avait pu gué-
» rir, on jugea à propos que je fisse le vœu, au cas qu'il
» plût à Dieu de faire cesser ces deux maladies, de mon-
» ter à la mission de Saint François Xavier, pour prier sur
» le tombeau d'Eugénie Téaghkouita. Dès le jour même
» la fièvre cessa, et, le flux étant beaucoup plus diminué,
» je m'embarquai quelques jours après pour m'acquitter
» de mon vœu. A peine eus-je fait le tiers du chemin que

» je me trouvai parfaitement guéri. Comme ma santé est » quelque chose de si peu utile que je n'aurais osé la » demander si la déférence que je dois avoir paur des ser» viteurs de Dieu ne m'y avait obligé, on ne peut raison» nablement s'empêcher de croire que Dieu, en m'accor» dant cette grâce, n'a point eu d'autre vue que celle de » faire connaître le crédit que cette bonne fille a auprès de » lui Pour moi je craindrais de retenir la vérité dans l'in» justice, et de refuser aux missions du Canada la gloire » qui leur est due, si je ne témoignais comme je fais que » je suis redevable de ma guérison à cette vierge iroquoise. » C'est pourquoi je donne la présente attestation avec tous » les sentiments de reconnaissance dont je suis capable, » pour augmenter, si je puis, la confiance que l'on a en » ma bienfaitrice, mais encore plus pour exciter le désir » d'imiter ses vertus.

» Fait à Villemarie, le 14 septembre 1696

J. DE LA COLOMBIÈRE,

» P. J. chanoine de la cathedrale de Québec. »

Le second témoignage est de M. de Luth, capitaine d'un détachement de la marine et commandant au fort Frontenac. C'est ainsi qu'il parle :

« Je soussigné certifie à qui il appartiendra qu'étant » tourmenté de la goutte depuis vingt-trois ans, avec de » si grandes douleurs qu'elle ne me laissa pas de repos » l'espace de trois mois, je m'adressai à Eugénie Té- » gahkouita, vierge iroquoise, décédée au Sault Saint- » Louis en opinion de sainteté, et je lui promis de visiter » son tombeau si Dieu me rendait la santé par son inter- » cession. J'ai été si parfaitement guéri à la fin d'une neu- » vaine que je fis en son honneur que depuis quinze mois » je n'ai senti aucune atteinte de goutte.

» Fait au fort Frontenac, ce 15 août 1806.

» Signé J. du Luth. »

COURAGE ET FOI

Les hommes apostoliques ne manquent pas à l'Eglise de Dieu ; de nos jours, comme les premiers siècles du christianisme et comme dans les suivants, il est de fervents et zélés disciples du Sauveur qui ne craignent pas d'affronter la mort pour annoncer la parole évangélique aux nations que le flambeau sacré de la foi n'éclaire pas.

Parmi les nombreux exemples de courage et de résignation qu'ils ont donnés, celui que nous allons signaler mérite spécialement d'être offert à l'admiration des chrétiens. Nous en avons puisé les détails dans la relation écrite de la main d'un missionnaire qui les avait vus par lui-même ou entendus raconter par des témoins occulaires qui avaient été les compagnons de ses travaux et de ses souffrances.

Le missionnaire, parmi les tribus sauvages, ne jouit pas de toutes les commodités de la vie. Celui dont nous avons à raconter le glorieux martyr n'avait pas de maison pour reposer la nuit. Il se retirait d'ordinaire dans un bois, sous un arbre où les chrétiens lui avaient dressé une petite hutte de feuillage, et c'est là qu'une foule de gentils venaient le visiter. Ce qui les attirait auprès de saint homme, c'était ou le bruit de ses bienfaits ou la réputation de sa vertu, sur les charmes attachés à sa parole quand il discourait sur les matières religieuses. Plusieurs furent touchés et convaincus, et promirent d'embrasser le christianisme ; quelques-uns même, sans plus tarder, donnèrent à leurs enfants la permission de recevoir le baptême.

Cependant plusieurs dasseris ou disciples du Gourou,

qui est le chef de la religion indienne auprès du roi de Cangonti, vinrent de sa part trouver le missionnaire pour entrer en conférence avec lui. La dispute roula sur deux articles : ils combattaient l'unité de Dieu, et lui attribuaient un corps.

Il ne fut pas difficile au missionnaire de les confondre, et leur confusion fut salutaire à plusieurs gentils des autres sectes qui étaient présents ; ils furent frappés de la justesse de ses raisonnements, et, touchés par la grâce, ils pressèrent le prêtre catholique de les instruire.

Les dasseris, si fiers avant la dispute, se retirèrent tout interdits, et menacèrent le Père Ducunha de venger bientôt l'affront qu'eux et leurs divinités venaient de recevoir.

Les chrétiens, attentifs à la conservation de leur pasteur, la conjurèrent d'aller passer les nuits dans son ancienne église, dont les murailles, à demi-brûlées, rappelaient la fureur récente du fanatisme musulman ; il leur paraissait qu'étant dans le bourg, il y serait plus en sûreté. Mais le Père ne fut point intimidé par ces menaces ; il se rassurait principalement sur la réception gracieuse que lui avait faite le delavay, général des troupes du royaume, et sur les assurances qu'il lui avait données de sa protection.

Pour remplacer l'église minée par les mahométans, le Père Ducunha, après en avoir obtenu la permission du chef de la bourgade, avait fait commencer la construction d'un nouvel édifice. Grâce au zèle des chrétiens, il s'éleva assez rapidement, et, lorsqu'il fut achevé, il songea à y célébrer la fête de l'Ascension, comptant pour rien les complots que les dasseris ne cessaient de tramer secrètement.

Les chrétiens s'étant rassemblés dans la nouvelle église, il commença le saint sacrifice; mais ce fut le premier et le dernier qu'il y offrit; car, pendant qu'il était occupé des saintes fonctions de son ministère, on vit arriver quarante dasseris portant des bannières et faisant retentir l'air du son des timbales et des haut-bois.

Le magistrat du lieu, qui avait permis l'ouverture de l'église, envoya chercher un des chrétiens qui assistaient à la messe, et le fit partir en diligence pour la résidence de la cour. Il portait au delavay la nouvelle de ce qui se passait, et devait en rapporter des ordres. Le Père, de son côté, fit, après la messe, une courte exhortation aux chrétiens, afin de les encourager à tout souffrir pour la cause de Jésus-Christ.

Déjà une partie des dasseris étaient arrivés, et s'étaient placés devant la porte de l'église pour observer le missionnaire, de peur qu'il n'échappât. Le Père connut qu'il n'y avait pas moins de péril pour lui à sortir qu'à demeurer. Craignant d'ailleurs d'exposer les chrétiens à la merci de leurs ennemis, il prit le parti de rester dans l'église, et d'y attendre la réponse du devalay.

Avant qu'elle fût venue, plus de soixante dasseris, suivis d'un grand nombre de brames, se présentèrent à la porte de l'église ; et, ne trouvant point d'obstacle, ils coururent au Père.

Un brame lui donna un coup de bâton sur les reins : ce premier coup fut le signal d'une horrible barbarie. Ils furent multipliés sur son corps avec une cruauté inouïe : les uns le frappaient à la tête, les autres sur les bras, ceux-ci avec des bâtons, ceux-là du bout de leurs lances ou avec des épées. Ceux qui n'avaient point d'armes le maltraitaient par des cris injurieux, et le chargeaient d'outrages.

Sans un brame qui avait assisté à la dispute sur l'unité de Dieu, et qui prit le partie du Père, on lui aurait arraché la vie au pied de l'autel. Ce brame n'était pas de la secte des dasseris, et peut-être avait-il reconnu la vérité.

Enfin, tout couvert du sang qui coulait des plaies qu'il avait reçues sur la tête, et d'un coup d'épée à la main droite, le Père fut traîné devant le Gourou, qui, assis sur un tapis, faisait paraître autant d'orgueil et de colère que le missionnaire montrait de constance et d'humilité.

Le Gourou parla d'abord au Père en termes de mépris; puis il lui demanda qui il était, d'où il était, qu'elle langue il parlait et dans quelle caste il était né. Le Père ne lui fit aucune réponse; et le Gourou, atribuant ce silence à sa faiblesse, interrogea le catéchiste qui était à côté de lui. Celui-ci répondit que le Père était xchatri (c'est la deuxième caste des Indiens.)

De là le Gourou passa à des questions sur la religion.

— Qu'est-ce que Dieu? demanda-t-il au catéchiste.

— C'est un souverain d'une puissance infinie, répondit le catéchiste.

Le catéchiste tâcha de le satisfaire, puis, après plusieurs interrogations du Gourou, toujours suivies de la réponse du catéchiste, celui-ci vint à dire que Dieu était le Seigneur de toutes choses.

Le Père prit alors la parole et dit :

— C'est un Être par lui-même, indépendant, pur esprit et très-parfait.

A ces mots, le Gourou fit de grands éclats de rire ; puis il ajouta :

— Oui, oui, bientôt je t'enverrai savoir si ton Dieu n'est qu'un pur esprit.

Le Père répondit que, s'il voulait l'apprendre, il serait aisé de le lui démontrer. Le Gourou, qui n'ignorait pas le succès des disputes, craignit de s'engager dans une dispute nouvelle qui aurait tourné infailliblement à sa confusion, il se contenta de demander si Brama de Trupidi était Dieu (c'est une idole fort révérée dans le pays.)

— Non, répondit le Père.

A ces mots, le Gourou se livra à toute sa colère, et prit

à témoin le magistrat de la bourgade. Il eût, sans doute, fait sur-le-champ mourir le missionnaire si quelques gentils, touchés de compassion, ne l'eussent conjuré avec larmes d'épargner ce reste de vie qu'avait encore l'infortuné patient, et de ne pas souiller ses mains du peu de sang qui lui restait dans les veines.

Le Père seule dans l'assemblée paraissait intrépide. Il se consolait intérieurement de voir que ses travaux n'étaient pas vains, puisqu'ils aboutissaient à confesser et à glorifier le nom du vrai Dieu. Sa consolation fut encore augmentée par la générosité d'un de ses néophytes. Le Gourou lui ayant demandé s'il ne voulait pas se ranger au nombre de ses disciples :

— Non, lui répondit-il.

— Du moins, ne seriez-vous pas des disciples de votre propre frère ?

— Non, dit encore le néophyte; ou plutôt je n'en sais rien, car peut-être se fera-t-il chrétien.

— Mais pourquoi renoncer à la doctrine de votre père pour en suivre une autre ?

— C'est que jusqu'ici mon père ne m'a point appris le chemin du salut, qui m'a été enseigné par ce missionnaire.

Deux autres chrétiens firent paraître un attachement non moins louable pour le Père. Tandis qu'il était en présence du Gourou, ils vinrent se jeter au cou de leur pasteur, et s'offrirent à défendre les intérêts de la religion. On fut obligé d'user de violence et de les frapper rudement pour les ar acher à ces tendres embrassements.

Le catéchiste, qui ne le quitta point, reçut un coup de sabre sur les côtes : il avait un désir inexprimable de mourir avec son pasteur.

Cependant le chef des dasseris, voyant que le peuple et ceux des brames qui n'étaient pas de sa secte portaient compassion au missionnaire, lui ordonna tout-à-coup de sortir du pays.

Le catéchiste fit son possible pour obtenir que le Père demeurât encore cette nuit là, afin qu'on pût le panser ; ce fut en vain. Le Père, de son côté, demanda avec de grandes instances qu'il lui fût permis de guérir les plaies des chrétiens, dont il était plus touché que des siennes ; mais le Gourou rejeta avec fierté sa demande, et le fit partir dès le soir même.

Pour mieux s'assurer de sa sortie, il lui donna des gardes qui ne devaient le quitter qu'après l'avoir conduit hors du royaume. Le Père, voyant qu'il ne pouvait plus différer, et que le néophyte qu'on avait envoyé à la cour ne revenait pas, regarda tendrement son église, dit adieu à ses chrétiens, qui fondaient en larmes, et partit à pied.

Il marcha toute la soirée jusqu'à une bourgade où il y avait des chrétiens, et où il passa la nuit. Alors ses douleurs se firent sentir plus vivement ; il en fut si abattu et si accablé qu'il ne pouvait plus se remuer. Son bras gauche était estropié des coups qu'il avait reçus ; son bras droit était encore plus maltraité : il s'en était servi pour parer les coups qu'on lui déchargeait sur la tête. Enfin il se trouva dans un tel état de fatigue qu'il ne pouvait plus se soutenir ; et ce ne fut qu'avec bien de la peine qu'on le transporta jusqu'à Capinagati, le principal lieu de sa résidence.

Les chrétiens de cet endroit envoyèrent un exprès à un

autre missionnaire pour l'avertir du danger où était leur pasteur. Touché du sort de son confrère, l'homme de Dieu partit sur-le-champ pour aller le secourir, et le trouva bien plus malade qu'il ne s'y attendait. De quel chagrin ne fut-il pas accablé en voyant ses plaies nombreuses, dont quelques unes étaient assez profondes !

Les douleurs que ressentait le père Dacunha ne le laissaient reposer ni jour ni nuit : elles lui avaient causé la fièvre, accompagnée de dégoûts et de vomissements. Au milieu de ces maux, il était pourtant dans une résignation parfaite à la volonté de Dieu ; il éprouvait même une sorte de joie, et mettait ses souffrances au nombre des bienfaits du ciel.

Quatre jours après l'arrivée de son confrère, se sentant beaucoup plus mal, il le pria de lui administrer les sacrements. S'étant préparé pendant deux heures à la confession, il lui fit lire un chapitre de l'Imitation de Jésus-Christ. Pendant qu'une voix amie insinuait dans son âme les sentiments pieux que renferme ce livre divin, il tenait à la main un crucifix qu'il baignait de ses larmes.

Il fit une confession générale de toutes les fautes de sa

vie avec une si grande contrition de cœur que, après l'avoir entendue, son confrère ne put lui-même retenir ses larmes. Alors il tomba dans un délire qui ôta toute espérance de guérison. Il demeura dans cet état jusqu'au jour suivant où encore il eut à peine un intervalle de raison, dont on profita pour lui administrer le saint Viatique. Il reçut son Dieu avec une ferveur vraiment édifiante.

Mais, peu de temps après, il retomba dans sa première position : tous ses rêves n'étaient que du martyre, il ne parlait que de prendre ses habits pour aller se présenter aux juges. Quand le prêtre qui l'assistait lui disait de prendre un peu de nourriture :

— Il n'en est pas besoin, lui répondait-il, vous et moi nous allons au ciel ; l'arrêt de notre condamnation est déjà porté.

Le lendemain, son délire cessa ; mais il sortit tant de sang de ses blessures que le chirurgien qui le pansait en fut effrayé, et désespéra tout-à-fait de sa guérison.

Son confrère l'avertit que sa mort approchait : lui qui avait mis à profit pour le ciel tous les moments qu'il avait cus de liberté pendant sa maladie demanda à renouveler sa confession. Avec quels sentiments de foi, d'espérance et d'amour il répéta les actes des vertus théologales ! combien furent tendres et affectueux ses entretiens avec le Sauveur !

Enfin il connut lui-même l'heure de sa mort ; prononça le saint nom de Jésus, et, ayant embrassé son confrère avec une parfaite connaissance, il s'endormit dans le Seigneur, dix-huit jours après celui où il fut appelé à confesser la foi devant les brames et les dasseris de Congonti.

Le nombre des coups qu'avait reçus le père Dacunha est effrayant : les gentils eux-mêmes avouèrent qu'on l'avait mis dans un état à ne pouvoir échapper à la mort, et son catéchiste, qui ne l'abandonna point, assure qu'il reçut plus de deux cents coups. Le père était d'un tempérament très-délicat, et il s'était encore beaucoup affaibli depuis qu'il était dans la mission de Maïssour : aussi était-il surprenant qu'il eût pu survivre tant de jours à ses blessures.

Le delavay fut extrêmement touché de la mort du père

Dacunha; il fit même emprisonner le Gourou qui en était l'auteur, avec ordre de ne point lui donner à manger de trois jours. On disait même que la faveur de quelques brames put seule obtenir qu'il fût tiré de prison, après avoir payé soixante pagodes.

Absous à la justice des hommes, il n'échappa pas à celle de Dieu : en rentrant dans sa maison, il trouva son fils expirant. Il était tombé dans un puits avec d'autres enfants; les autres furent tirés du péril, le fils seul du Gourou y perdit la vie.

Quant aux dasseris complices de l'assassinat du missionnaire, on les condamna à des amendes applicables à la guérison des chrétiens qui avaient été blessés. On ne sait si elles furent levées, mais les chrétiens n'en reçurent aucun soulagement.

HISTOIRE EDIFIANTE

Une jeune femme chinoise, qui avait été baptisée à l'âge de douze ans, fut peu après emmenée par son époux idolâtre au sein d'une population toute païenne. Comme elle ne connaissait qu'imparfaitement les vérités de la religion, elle ne tarda pas à en perdre le souvenir; cependant elle retint la coutume de réciter son chapelet tous les jours; c'était là son unique prière, car elle n'en connaissait pas d'autres. Son mari la pressa souvent de participer au culte des idoles; mais à toutes ses obsessions, elle répondit constamment avec énergie qu'ayant le bonheur d'être enfant du vrai Dieu, elle ne voulait pas honorer le démon, son ennemi. On finit par la laisser tranquille.

Elle continuait ainsi à vivre étrangère aux superstitions, dans un isolement religieux qui la désolait, sentant chaque jour s'affaiblir les dernières lueurs d'une foi confuse, et toujours plus pressée intérieurement, à mesure que la mort approchait, du désir de se réconcilier avec le Dieu de son enfance. Combien de fois elle s'informa auprès des païens, du lieu qu'habitaient les chrétiens ses frères! Mais, soit ignorance ou mauvaise volonté, ils lui répondaient qu'ils n'en connaissaient aucun. Plus de cinquante ans s'écoulèrent de la sorte en recherches infructueuses, sans qu'elle perdît néanmoins l'espoir qu'à la fin Dieu, touché de ses soupirs, lui enverrait un guide pour la conduire à l'assemblée des chrétiens. A l'âge de soixante-dix ans, un païen vint lui offrir des herbages à acheter. Après qu'elle eut fait sa petite provision, elle lui demanda d'où il était.

— Je suis, répondit le marchand, d'un village appelé le *Grand-Puits-Carré.*

— Y a-t-il des chrétiens dans son voisinage

— Oui ; ils ont même, dans un hameau peu éloigné du mien, une ancienne chapelle, où ils se rendent parfois en pèlerinage.

— Si tu veux m'y conduire, je te donnerai quatre cents sapèques.

— Bien volontiers, reprit le païen ; je reviendrai dans trois jours. Tenez-vous prête, et nous irons ensemble.

Que ces trois jours d'attente furent longs à la pauvre veuve! Enfin son conducteur parut de grand matin. Il la trouva parée de ses habits de fête. Un palaquin était prêt à la recevoir, car elle ne pouvait plus marcher à cause de son grand âge ; elle y monta et suivit le marchand, qui la conduisit droit à l'antique chapelle, déjà ruinée en partie.

Aussitôt qu'elle fut arrivée, elle se jeta à genoux pour remercier Dieu de l'avoir emmenée dans une église consacrée à son culte ; et là, dans toute l'effusion de son cœur, elle fit des prières aussi longues que ferventes.

Par une protection spéciale du Seigneur, il se trouva que la fête de Pâques tombait justement ce jour-là et que les chrétiens d'alentour, selon qu'ils le pratiquent aux grandes solennités, vinrent au sanctuaire bâti par leurs aïeux, satisfaire leur dévotion accoutumée. Grande fut leur surprise, en voyant à genoux cette bonne vieille qu'il ne connaissaient pas. Ils lui demandèrent qui elle était. Elle répondit qu'elle était chrétienne, qu'elle avait été séparée de ses co-religionnaires à l'âge de douze ans, et qu'elle demandait à Dieu, depuis lors, comme une dernière grâce, avant de mourir, le bonheur de rencontrer quelques-uns de ses frères dans la foi.

— Vos prières ont été exaucées, reprirent les néophites; nous sommes tous disciples du Sauveur, et nous venons aujourd'hui célébrer sa résurrecton sur le tombeau de nos anciens missionnaires.

A ces mots, transportée de joie, elle n'eut que la force de s'écrier, en fondant en larmes :

— O mon Dieu, je vous remercie de m'avoir amenée au milieu des chrétiens que je cherche depuis si longtemps ?

Quand elle fut revenue de sa première émotion, les assistants la pressèrent de raconter son histoire, ce qu'elle fit volontiers, pour rendre gloire à la miséricorde divine. Puis elle ajouta :

— Il ne me suffit pas de vous avoir vus ; je veux savoir où vous résidez et vous apprendre où je demeure, afin que je puisse communiquer avec vous et recevoir vos visites ; car ce serait peu d'avoir retrouvé la voie du salut, si vous ne m'enseigniez à y marcher.

Aussitôt on lui donna les noms qu'elle désirait, et on prit celui de sa famille et de son village. Alors les chrétiens entonnèrent des cantiques pieux sur les tombeaux des douze Pères Jésuites, enterrés dans les carreaux de la chapelle, et après qu'ils eurent achevé leurs prières en commun, tous se retirèrent enchantés de l'heureuse rencontre qu'ils avaient faite.

Mais notre septuagénaire, comment vous peindre son bonheur ! Elle-même ne trouvait pas de termes pour l'exprimer. Cette journée, disait-elle, était la plus belle et la plus douce de sa vie. Elle revint à sa demeure toute rayonnante de joie, et fit appeler pour l'instruire, à défaut de missionnaires, les catéchistes de *Hang-Tchou-Fou*, qui se rendirent aussitôt à son invitation. Malgré son grand âge, elle mit tant d'ardeur à apprendre la doctrine et les prières chrétiennes, qu'elles les sut en très-peu de temps. Aujourd'hui elle est, par sa ferveur, le modèle de toute la Mission. Sa grande dévotion est d'honorer l'immaculée Conception de la sainte Vierge. C'est à la protection de Marie qu'elle attribue toutes les grâces dont sa vieillesse est comblée; c'est par elle encore qu'elle espère obtenir une dernière faveur, la seule qu'elle ambitionne sur la terre, celle de voir son fils unique, qui est païen et ba-bachelier, embrasser notre foi avant qu'il lui ferme les yeux. Il lit assez volontiers les livres qui traitent de la religion, mais sa conversion n'en paraît pas plus prochaine. Cependant, comme il est pénétré de respect et d'affection pour sa mère, on espère qu'il cèdera un jour à ses prières et à ses larmes, et que cette autre Monique ne mourra pas sans emporter au ciel l'assurance d'y revoir son Augustin.

Un second fait fournira un nouvel exemple des soins mystérieux de la Providence en faveur de ses enfants les plus délaissés.

A l'époque où les rebelles avaient envahi la province du

Hou Pé, sur la fin du règne de l'empereur Kin-Kin, père du souverain actuel, ils enlevèrent une foule de femmes, dont plusieurs étaient chrétiennes. De ce nombre était une excellente néophyte, renommée par sa ferveur, que le chef des révoltés se choisit pour épouse, et qu'il décora pompeusement du titre de reine, se croyant lui-même un grand roi. Il lui témoignait le plus vif attachement ; ce qui n'empêchait pas sa captive de le détester au fond de son cœur, comme le plus méchant homme de l'armée. Plusieurs fois, de concert avec ses compagnes d'infortune, elle avait tenté, mais toujours inutilement, de s'échapper des mains de ses ravisseurs, dont le joug lui devenait plus odieux, à mesure qu'elle voyait se multiplier les brigandages.

Enfin, un jour que les rebelles délogeaient du pays qu'ils avaient ravagé, leur chef n'eut rien de plus pressé que d'envoyer sa prétendue reine au nouveau camp qu'il avait choisi, tandis qu'il s'y rendait lui-même à la tête de ses troupes. Elle cheminait tranquillement, montée sur un cheval dont un valet tenait la bride. Quand elle fut à peu près à une demi-heure du camp, se voyant presque seule, elle pensa que le moment de sa délivrance était venu, et comme pour épargner à son guide une inutile corvée, elle lui dit :

— Il n'est pas nécessaire que tu te lasses à mener mon cheval, je saurai bien le conduire moi-même.

Le domestique ne demandait pas mieux que de voir sa peine allégée; il lâcha donc la bride. Aussitôt l'intrépide écuyère pique des deux, lance son cheval au galop, et laisse en peu de temps son homme bien en arrière. Celui-ci, ne soupçonnant aucune ruse, applaudissait à l'habileté de sa princesse, et par ses bravos l'encourageait à n'avoir pas peur, sans trop se presser de l'atteindre.

Elle n'avait, certes, pas besoin d'être animée par ses cris pour précipiter sa fuite; bientôt elle ne les entendit plus, et le perdit lui-même entièrement de vue. Un chemin détourné se présenta, elle l'enfila au hasard. C'était un sentier qui allait se perdre au centre d'une épaisse forêt où elle ne trouva que de noirs charbonniers.

Arrivée hors d'haleine auprès de la cabane d'un de ces hommes, déjà avancé en âge, elle lui dit en tremblant qu'elle était une captive échappée des mains des rebelles, et qu'elle cherchait à entrer dans sa famille.

— D'où êtes-vous? demanda le vieillard.

Elle cita le nom de son village, qui n'était pas fort éloigné.

— Ce n'est pas chose facile, reprit l'inconnu, que de vous en retourner; il n'est pas non plus sûr pour moi de vous cacher dans ma loge; car si les brigands découvrent votre asile, il m'en coûtera la tête. Cependant, puisque vous vous êtes confiée en moi, je ferai tout ce qui sera en mon pouvoir pour assurer votre délivrance.

Notre fugitive mit alors pied à terre, et comme elle craignait que la vue de son coursier ne la trahît, elle le congédia à coups de verges, pour qu'il s'en allât où bon lui semblerait; après quoi elle entra dans la chambre du charbonnier, qui lui donna pendant trois jours une hospitalité toute paternelle.

Durant ce court intervalle, les rebelles, toujours poursuivis par les troupes de l'empereur, furent de nouveau forcés de lever leur camp et d'abandonner le pays. A peine s'était-ils retirés, que la courageuse néophyte avec l'aide du vieillard, son protecteur, loua une barque qui la reconduisit dans sa famille, où son arrivée causa d'autant plus de joie, que ses enfants et son mari, croyant qu'elle avait été massacrée par les brigands, portaient déjà le deuil de sa mort.

UNE VISITE

« Cher monsieur et ami,

» Permettez-moi de vous raconter une visite que je fis l'autre jour au prince talapoin, frère du roi de Siam. J'étais en costume épiscopal, suivi de huit rameurs, les reins ceints d'écharpes de soie. Après que j'eus traversé un jardin semé d'arbres exotiques, un courrier alla m'annoncer, et j'entrai au monastère royal, peuplé de deux cents talapoins, distribués dans autant de cellules parfaitement symétriques, toutes séparées de distance en distance par de petits étangs ou puits carrés. Le château du prince est en avant des autres édifices ; son palais de nuit, à fenêtres dorées et à quatre étages, est surmonté d'un paratonnerre de sa façon.

» Je monte à la salle d'audience. Bientôt le prince en longue robe de soie jaune, s'avance, me prend la main en souriant, m'invite à m'asseoir sur un fauteuil recouvert d'hermine, et la conversation s'engage tout en buvant du thé et fumant le calumet, en présence d'une foule d'esclaves prosternés ventre à terre. « Les livres de religion que » vous m'avez donnés, me dit-il, je les ai lus d'un bout à » l'autre ; ils étaient dans cette armoire vitrée, où les » fourmis blanches les ont tous dévorés malgré nos soins; » il ne m'en reste que les pensées chrétiennes. — Prince, » si vous avez parcouru tous ces livres, vous devez maintenant connaître la religion : admettez-vous, du moins, » les principaux fondements du christianisme ? la création, » par exemple ? croyez-vous encore à la métempsycose ? » — Je veux bien reconnaître un Dieu créateur ; tenez, » écoutez...... » Alors, il se mit à faire un discours de huit à dix minutes, traçant en termes pleins d'élégance un tableau de la création; puis il ajouta avec un sourire, et en se tournant du côté des esclaves qui lui faisaient la cour : « Voyez-vous, moi aussi je puis prêcher comme les » prêtres chrétiens. »

» Il me dit ensuite : « Pourquoi tuez-vous les animaux? » Je veux bien croire que les âmes des hommes ne pas- » sent pas dans les corps des bêtes, mais enfin elles ont la » vie; si on les bat, elles pleurent, elles crient; elles souf » frent; à plus forte raison si on les tue : n'est-ce pas une » cruauté d'en agir ainsi? — Prince, distinguons : Les ani- » maux ont été créés pour l'homme; si on les maltraite par » colère ou par caprice, certainement c'est aller contre la » volonté de Dieu; il peut y avoir le péché plus ou moins » grave; mais les faire souffrir ou les tuer pour ses be- » soins, et selon l'intention du Seigneur, ne saurait être » un mal, parce que Dieu étant le maître des créatures, » peut livrer, s'il le veut, leur vie même à l'homme. »

» Au milieu de notre conversation, le tambour vint battre et la cloche à sonner : il était onze heures et demie, heure du second repas des talapoins. Aussitôt je me levai en disant : « Prince, je désirerais voir votre imprimerie, » et il me fit conduire par ses gens dans une grande salle, ou j'examinai en détail des cases de caractères siamois et balis, et une autre espèce de types de son invention, que lui-même avait fait fondre. Dans une salle voisine était un atelier de graveurs, et plus loin un atelier de fondeurs. Je puis assurer que les quarante ouvriers qu'emploie le prince imitent fort bien les poinçons moules, matrices et autres ustensiles d'imprimerie d'Europe; mais quelle nonchalanee! quelle incurie! tout est jeté, amoncelé pêle-mêle. La chèvre chérie et le mouton favori qui suivent tous les jours le prince jusque dans le palais du roi, entrent dans la salle, éparpillent les tasde caractères avec leurs pates, sans que personnes ose les chasser.

» On m'avait servi du café, des fruits et des gâteaux de huit à dix espèces, pendant que j'étais à prendre une tasse de café; le prince rentra accompagné de sept à huit talapoins: « Voyez-vous, me dit-il, en me montrant une grosse » carafe de lait, le maître de la vie (le roi) m'en envoie » une tous les matins; buvez-en, c'est du lait royal. » On s'assied de nouveau, et tandis qu'on se remet à causer, le prince me fait apporter des paquets de livres balis, écrits sur des feuilles de palmier, le tout bien doré et enveloppé dans des étoffes de prix. Il se met à en lire, et j'en lis moi même avec lui quelques passages. « Remar-

» quez, me dit-il, comme tel mot, tel autre mot a du » rapport avec le latin (il sait un peu, tant soit peu cette » langue).

» Prince, demandai-je, ou tenez-vous les livres de la » pagode » Il me dit de regarder par la fenêtre. « Voyez- » vous ce grand édifice à fenêtres dorées? il y a là vingt » armoires dorées aussi, et chacune d'elles peut contenir » plusieurs centaines de volumes. » C'est la collection de leurs livres sacrés, elle est immense. Hormis quelques ouvrages qui traitent de la constitution de leurs trois univers, le ciel, la terre et l'enfer, tout le reste n'est qu'un recueil de sermons de Sommonakhodom, ou la relation détaillée de ses *cinq cent cinquante vies*, toutes pleines de fables et de puérilités extravagantes.

» Après une longue conversation dans laquelle, entre autres incidents, le prince manifesta plusieurs fois du mépris pour les ministres américains qui viennent inonder le pays de brochures, pamphlets, extraits tronqués de la Bible, je lui exprimai le désir de voir sa pagode : il se leva à l'instant, deux de ses pages me précédaient; il venait lui-même après moi, escorté d'une foule de talapoins et de courtisans. Nous traversâmes un pont pittoresque jeté sur un joli canal tiré au cordeau, et nous pénétrâmes dans l'enceinte d'une pagode majestueuse, resplendissante de dorures. Ce temple a la forme de croix, aussi le prince me disait-il en riant : « C'est comme une église » chrétienne. » Je fus bien surpris de trouver la statue de Napoléon à l'entrée, en face de l'idole ; mais mon étonnement redoubla quand je vis, attachés à chaque colonne, de beaux cadres dorés représentant les mystères de notre Seigneur. « Prince, m'écriai-je, pourquoi mettez-vous des » images de notre Dieu au milieu des peintures d'idoles? » — C'est que je le respecte aussi. » Alors il me montra la grande divinité placée au fond du sanctuaire, haute de trente pieds, assise les jambes croisées, semblable à une masse d'or imposante (elle est de cuivre dorée) « Cette ido » le, me dit-il, a été fondue il y a près de neuf cents ans. » elle fut amenée d'une ville du nord à Siam sur des ra » deaux, et il est écrit dans nos annales que peu avant la » destruction de l'ancienne cité du nord, l'idole versa » des larmes de sang. » Je me mis à rire, et je dis au prince combien je regrettais qu'on prodiguât tant de richesses sans aucune utilité. « C'est l'or du roi, » reprit-il; et à l'instant il fit appeler et questionner un secrétaire sur la quantité d'or dépensé à l'embellissement de la pagode. Celui-ci répondit qu'on y avait déjà employé cinq cent mille feuilles d'or, et qu'il en faudrait en tout à peu près un million.

» Rien de plus somptueux que les pagodes royales à Siam ; tout y est marbre, peinture ou dorure ; le pavé même est de marbre, recouvert de nattes d'argent. Une émeraude de plus d'une coudée de hauteur, dont on a façonnée une statue de Sommonakhodom, a été estimée par des Anglais cinq cent mille piastres. Le roi et les grands mettent tout leur orgueil, font consister tout leur mérite à construire et à décorer ces sanctuaires.

» Après avoir tout examiné, je pris congé du prince, qui me dit en latin : *Vale, Joannes episcope.* Je pris alors le chemin de ma barque, l'esprit triste et rêveur, et déplorant l'aveuglement de ces pauvres idolâtres, qui n'hésitent pas à tout sacrifier pour le démon, tandis que nous faisons si peu pour le Dieu puissant et éternel, souverain Seigneur de toutes choses. »

UNE VILLE DE CHINE

« Au mois de juillet dernier, j'allais passer deux jours à *Tchéu Tou-Fou*, capitale du *Su Tchuen*. Cette grande ville chinoise a un fort bel aspect. Ses rues sont larges pour la plupart, assez bien alignées, pavées en pierres carrées comme à Paris, et encombrées d'allants et de venants. Plusieurs quais l'embellissent. C'est là qu'on trouve les boutiques les plus apparentes, dont l'étalage se compose en grande partie d'articles européens : j'y ai vu vos draps, vos soieries, vos rubans, foulards, calicots, montres, horloges, ciseaux, etc. Tous ces objets sont à un prix exorbitant. Je marchandai une petite pendule qu'on aurait eu en France pour quinze à vingt francs; on ne voulut pas me la céder pour cinquante-cinq *taëls*, or, *le taël* vaut à peu près sept francs cinquante.

» Ne croyez pas pourtant que ces boutiques soient d'une grande richesse. Je demandai à un homme d'affaire quelle valeur pouvait représenter le plus brillant magasin de la ville, et il me répondit qu'elle ne dépassait pas deux ou trois mille once d'argent, c'est-à-dire deux ou trois mille *taëls*. Si vos maisons d'Europe n'avaient pas d'autres capitaux en circulation, les amis du luxe se croiraient bien à plaindre; ici cela passe pour un commerce très-étendu.

« L'habitation que j'occupais, en face du palais du gouverneur appelé *Tsoung-Tôu*, me permit d'examiner tout à mon aise ce dignitaire et sa nombreuse cour. Le lendemain de mon arrivée, j'aperçus de ma chambre un drapeau jaune arboré à la pointe d'un mât; je demandai ce qu'il signifiait, et j'appris qu'on le hissait chaque fois que le *Tsoung-Tôu* devait sortir dans la journée. Il sortit en effet. Un seul coup de canon fut le signal du départ. Aussitôt une musique grotesque se fit entendre : on eût dit le son d'une corne de berger, mêlée au bruit d'une trompette criarde. Je vis défiler à la suite du gouverneur les gens de sa maison, ses gardes du corps, ses chevaliers, ainsi qu'une foule de mandarins grands et petits. Quand ces dignitaires sont en marche, ils ont toujours nombreuse escorte; qu'ils soient en litière ou à cheval, un serviteur déploie sur leur tête un large parasol rond, un autre les rafraîchit à grands coups d'éventail, un troisième tient la main à la bride du cheval, ou au bras du palanquin, tandis que le grave personnage se rengorge dans sa vaniteuse indolence.

« Au retour du *Tsoug-Tôu*, ce furent même salve et même musique. On lui rend pareil honneur chaquefois qu'il franchit le seuil de son palais, ne fût-ce que pour faire un tour de promenade. Vers les neuf heures du soir, on lui donne une dernière sérénade pendant un demi-quart d'heure, puis la scène finit par un coup de canon. Alors toutes les portes de la ville se ferment .

» A quatre heures du matin, nouveau charivari, nouveau coup de canon. Les portes de la ville s'ouvrent. Me voilà sur pieds, car j'ai bien du chemin à faire si je veux la visiter en détails : elle a plus de quarante lieues de tour. Elle se divise en trois grands quartiers, appelés la ville des indigènes, la ville des Tartares, et la ville impériale, où l'empereur résidait autrefois. Ces trois villes ont chacune leurs fortifications, qui sont en brique et fort solides. On pénètre dans la cité tartare par une grande porte voûtée, de vingt-six pas de long. Là, vous croiriez vous trouver en dehors de la Chine, les maisons ont une architecture à part ; les hommes et les femmes sont d'une taille européenne ; leurs traits et leurs manières ressemblent presque aux nôtres.

» Le second jour, nous partîmes de grand matin pour aller voir une pagode célèbre, appelée *Ouéu-Chôu-Yuên*. Nous y arrivâmes un peu avant onze heures. C'était le moment où les bonzes se mettaient à table. Voici le spectacle dont nous fûmes témoins. Dans un vaste réfectoire, quatre-vingt-dix bonzes, placés dos à dos, assis devant une longue table fort étroite, les mains jointes, les yeux constamment fixés à terre, chantaient en commun des paroles qu'aucun de nous ne put comprendre. Cette prière dura bien dix minutes. Un d'entre eux, qui faisait l'office de maître de cérémonie, tenait d'une main une petite clochette qu'il frappait en mesure avec une baguette de cuivre ; c'était lui qui entonnait la psalmodie. Le grand bonze était au centre, derrière une idole dorée, priant assis comme les autres, seul devant une petite table plus élevée d'où il dominait l'assistance.

» Au milieu du réfectoire, et en face de l'idole, était un autre bonze habillé de jaune, qui offrait au Dieu une pleine écuelle de riz. Un quatrième personnage, placé derrière le précédent, devant la porte, et tout près de nous, tenait de la main droite, à la hauteur des yeux, sur une palette en cuivre, quelques grains de riz; sa main gauche était armée d'un bâtonnet, pour chasser les mouches téméraires qui auraient osé venir manger l'offrande à la barbe de l'idole.

» Les prières finies, le maître de cérémonies cessa de frapper sa sonnette ; le bonze qui offrait l'écuelle la placa sous le menton du dieu, et celui qui tenait les grains de riz vint, devant nous, les déposer sur une pierre destinée à les recevoir. Alors les servants se hâtèrent de remplir les plats des différentes tables. Aucun des convives placés aux premiers rangs ne remuait. Le grand bonze donna le signal, et tous se mirent à l'œuvre. Ils dévorèrent en un instant bon nombre de seaux de riz, avec force aubergines, et rien de plus. Ces pénitents du paganisme ne mangent point de viande et ne boivent jamais de vin, du moins en public. Vers la fin du dîner, on servit du thé à discrétion.

» Le repas se termina à peu près dans le même ordre qu'il avait commencé. Nous vîmes tous les bonzes défiler, sur deux lignes, pour regagner leurs cellules, d'où ils sortent rarement. Quelle vie mortifiée ! Combien le démon est habile à singer les œuvres de Dieu ! Ces hommes étaient tous amaigris, pâles et défigurés, à l'exception de leur chef, qui avait beaucoup d'embonpoint ; c'était peut-être à son volumineux abdomen qu'il devait sa haute dignité, car ici c'est un trait de ressemblance avec les dieux : il y a dans cette pagode plusieurs idoles de douze pieds de haut, dont le ventre a au moins six pieds de diamètre. Jamais le grand bonze ne sort. L'empereur viendrait en pèlerinage, que le superbe Saint ne ferait pas un pas pour lui adresser la parole.

» La résidence des bonzes est un imposant édifice à deux étages, construit en briques, entouré de larges corridors, et sept ou huit fois aussi vaste que le séminaire du Puy.

Quel beau séminaire cela fera un jour si la Religion vient à fleurir en Chine !

» Après une heure de repos à l'ombre des bâtiments, nous repartîmes en plaignant du fond du cœur ces pauvres idolâtres, que le démon abuse si cruellement, et qu'il sait ici enchaîner à ses autels par des austérités, comme il captive ailleurs par les plaisirs. C'est partout le même aveuglement et le même esclavage ; mais la compassion qu'on éprouve pour ces malheureux est bien plus vive, quand on les voit faire pour se perdre plus de sacrifices qu'il n'en faudrait pour se sauver.

« FREYCERON, *Miss. apost.* »

CURIOSITES CHINOISES

Mon vicaria, moins grand que beaucoup d'autres, compte plus de dix-huit mille néophytes, répartis en une centaine de chrétientés différentes, sur une superficie plus étendue que l'Italie entière. Aussi pourrait-on à peine se figurer quelle surcharge d'embarras est attachée à l'exercice de mes fonctions. Si j'osais retenir un prête auprès de moi, pour lui abandonner une partie de mes affaires, je pourrais un peu respirer sous le fardeau qui m'accable ; mais ce serait le dérober aux besoins de la Mission, et ma conscience me reprocherait tout allégement à mes peines qui serait acheté au détriment des âmes. Mes prêtres, d'ailleurs, sont si peu nombreux, séparés par de si grands espaces, que je ne les vois qu'une fois ou deux dans l'année, lorsque je les réunis pour nous retremper tous ensemble dans les exercices d'une commune retraite.

Au milieu d'occupations si multipliées, comment répondre au désir exprimé par Votre Révérence d'avoir, sur l'état de nos missions et sur les mystères religieux de la Chine, un travail d'ensemble et des nations approfondies! Plusieurs mois l'étude et de loisir y suffiraient à peine. J'obéirai cependant comme un fils à son père; je ferai selon la mesure de mon temps et de mes forces, me réservant de revenir un jour, avec de plus amples développements, sur l'imparfaite ébauche que je vais esquisser.

Et d'abord, je dois dire que cette année n'a été pour moi qu'une série de maladies, de dépenses et de persécutions. Entre autres assauts livrés à ma santé, j'ai eu le choléra-morbus, et j'aurais dû mourir dans les vingt-quatre heures, si le mal n'avait été pris à temps par un bon médecin. Voici le traitement le plus ordinaire et le plus facile qu'on emploie pour en arrêter les progrès ; c'est celui qu'on a pratiqué sur moi : avec un couteau de table ou une lame de cristal on couvre la langue de piqûres, pour provoquer une abondante saignée ; puis, tandis que les uns étirent de vive force les nerfs principaux, d'autres frappent à grands coups sur la poitrine, sur le dos, les cuisses et les reins, jusqu'à ce qu'il en jaillisse des ruisseaux de sang. Quand la crise est passée, le patient en est pour quelques jours avec ses cicatrices, ses contusions, et sa peau aussi noire que celle d'un nègre.

J'étais à peine remis de la mienne, qu'il me fallut fuir devant les satellites. J'errais comme un vagabond de cité, en cité, n'osant pas même frapper à la porte des chrétiens, de peur qu'on ne vînt m'y surprendre ; si je m'arrêtais un instant, c'était moins pour goûter un peu de repos que pour épier de quel côté accourait la meute lancée sur mes pas. Elle faillit plus d'une fois m'atteindre, et encore maintenant les mandarins dirigent contre moi des perquisitions actives, parce que je leur ai été signalé comme le chef de la religion dans ce pays.

La cause de ces tracasseries est la fondation d'un séminaire que j'avais résolu de bâtir à Pei-Kuien-Xan, village sûr autrefois, où l'on pouvait prêcher librement, sans avoir à craindre des païens. Ce n'est pas eux, c'est un faux frère qui m'a trahi. Mais, par un juste châtiment, il a été la première et la plus malheureuse victime de sa dénonciation. Emprisonné avec cinq autres chrétiens et un catéchumène, lui seul a apostasié, seul il a été cruellement battu à cause de ses réponses incohérentes au mandarin.

Lorsque je fus accusé par ce Juda, j'avais déjà réuni tous les matériaux nécessaires à la construction projetée. Depuis, les travaux sont suspendus, sans espoir de les reprendre jamais ; les premières dépenses, cinq cents écus environ sont également perdus, le mobilier, les vêtements et les livres de mes élèves sont devenus la proie des satellites, et mes pauvres jeunes gens eux-mêmes ont été rudement dispersés. Oh ! combien j'ai eu de peine à leur trouver un abri ! Combien je souffre encore de les voir associés à mes tribulations ; car partout où je traîne mon existence proscrite, j'emmène avec moi mon petit séminaire ambulant !

En voilà assez, je pense, pour vous mettre à même d'apprécier notre situation. Elle peut se résumer en deux mots : les plaies de la dernière persécution ne sont pas encore cicatrisées ; la terreur est à l'ordre du jour parmi nos chrétiens ; au lieu de la liberté de conscience que nous espérions voir stipuler par l'Angleterre, comme condition du traité de paix, nous restons sous le coup des anciens édits, et nous n'avons, comme par le passé, d'autre avenir que celui de l'exil, des tortures et de la mort.

— Je passe à votre seconde question, celle qui concerne

la mythologie chinoise. La religion de l'empire, comme chacun sait, est l'idolâtrie tout aussi grossière que celle de l'ancien monde. Ses dieux sont presque innombrables. Les uns sont entièrement fabuleux ; d'autres, en assez grand nombre, ont réellement existé aux premiers âges de la monarchie ; ce sont les inventeurs des arts, les maîtres de la sagesse antique, les rois législateurs ou conquérants ; ce sont encore des hommes et des femmes célèbres, qui se sont élevés par leurs vertus ou leurs vices, leur extravagance ou leur cruauté, aux honneurs de l'apothéose.

— S'il fallait vous donner la nomenclature complète de tous ces dieux, avec un précis de leurs plus curieuses aventures, j'aurais rempli de gros volumes, car cette merveilleuse chronique n'a d'autre fondement et d'autres règles que l'imagination en délire d'une foule de bonzes, de charlatans et de devins, qui se jouent de l'ignorance du peuple, en exploitant sa crédulité. Je citerai parmi ces divinités les plus connues, *Pam-qu*, qui introduisit l'ordre dans le chaos en séparant le ciel de la terre ; *Jen-Nam*, qui juge les morts et preside à la transmigration des âmes; *Jen-Uam*, souverain des enfers; *Tien-Quen*, maître du ciel; *Louei-Xen*, dieu des tonnerres et des foudres; *Lao-Chnin*, principal arbitre des batailles; *Confucius* ou *Kum-Fu-Zu*, roi de la sagesse; *Leu- Zai-Xen*, régulateur du commerce et dispensateur de la fortune; *Men-Chuin*, gardien du foyer domestique; *Cham-Huan*, génie tutélaire des cités; *Ma-Uam* enfin, l'ami des pasteurs et le protecteur des troupeaux.

— Outre ces dieux généraux, chaque famille, chaque métier, chaque condition a ses idoles particulières qui, dans une sphère plus restreinte, exercent une influence définie, repondent à des intérêts spéciaux et à des besoins de circonstance. Par exemple, en temps de sécheresse, on s'adresse au dieu des eaux pour qu'il entr'ouvre les nuages; et si la pluie ne vient pas après plusieurs jours d'invocations et de prières, après qu'on a brûlé beaucoup d'encens et de papier superstitieux, on passe de l'adoration à l'injure.

« Voleur que tu es, lui dit-on, donne-nous ce que nous te demandons, on rends-nous ce que nous t'avons offert. Ta vanité se complaît dans nos hommages; c'est pour cela que tu te fais tant prier. Mais, vois-tu, les suppliants ont maintenant le bâbon à la main : fais pleuvoir, ou si-non..... ».

Et là dessus, ils le fustigent sans remords comme un enfant obstiné.

En ce qui concerne les dieux domestiques, la chose est encore plus curieuse. Quand les affaires vont mal ou qu'un malheur survient à la famille, le magot en porte la peine; son procès est bientôt fait; on le dépose de son piédestal, on le déclare déchu de ses honneurs, on le relègue dans quelque temple comme dans un dépôt de dieux fainéants, et on lui signifie à peu près en ces termes que le divorce est consommé.

« Il y a tant d'années que nous t'adorons; nous avons brûlé devant ton autel tant de livres d'encens: nous t'avons fait chaque jour tel nombre de prostrations ; la dépense que nous nous sommes imposée pour te plaire est énorme; et cependant ton culte ne nous a pas rendu un sapèque. Sache donc que nous n'attendons plus rien, et que nous renonçons désormais à tes faveurs. Trouve, si tu peux, des adorateurs aussi dévoués, pour nous, nous allons chercher des divinités plus généreuses. Toutefois, pour nous quitter en bons amis, nous t'adressons un dernier hommage.

A ces mots toute la famille se prosterne la tête contre terre, et c'est ainsi que se terminent les adieux.

Je dois faire ici une remarque importante, c'est que, malgré leur polythéisme, les Chinois ont coutume de s'écrier, dans les grands périls : *Lao-Tiën-Iè* ! ce qui signifie : O grand seigneur, aidez-nous ! ou bien encore : O ciel antique, aidez-nous ! expression dont nous défendons à nos chrétiens de se servir, parce qu'elle est ambiguë, mais qui n'en constate pas moins que l'idée d'un Être Suprême est gravée dans le cœur des païens, et que la voix de leur conscience, ce cri d'une âme naturellement chrétienne, proteste malgré eux contre la pluralité de leurs vaines idoles.

Dans toutes les provinces que j'ai parcourues jusqu'à présent, les gentils admettent la métempsycose ou transmigration des âmes. De cette croyance dérivent plusieurs autres sectes qui rivalisent d'absurdités. Les unes, convaincues que l'âme de leurs ancêtres a passé dans le corps de quelque animal, s'interdisent la viande, le poisson et tout ce qui a vie, de peur de porter sur leurs aïeux une dent parricide; les autres, en particulier dans le Hou-Kouang, s'imaginent que chaque individu a trois âmes, dont l'une repose au fond du sépulcre, la seconde reçoit les sacrifices offerts par les vivants, et la troisième poursuit le cours de ses migrations. Cette étrange opinion est si répandue, que j'ai dû la combattre dans mon catéchisme à l'usage des chrétiens de ce vicariat.

» Les païens des dix-huit provinces dont se compose cet

empire immense, adorent tous, sans exception, leurs parents défunts, conformément aux prescriptions de la loi et à l'enseignement unanime des sages. Et c'est là le préjugé qui a de profondes racines dans l'esprit des Chinois, parce qu'il est inculqué dès l'enfance, parce qu'à chaque page de leurs livres classiques ils retrouvent cette doctrine sanctionnée par l'autorité des plus graves auteurs, et qu'à moins de passer pour des enfants dénaturés, ils sont tenus de croire que leurs morts se métamorphosent en autant de dieux. De là cette multitude de sacrifices quotidiens, ces prostrations, cet encens et ce papier superstitieux qu'ils offrent au foyer domestique ; et là encore ces légendes merveilleuse et ces fables absurdes qu'ils inventent à l'envi, pour la plus grande gloire de ceux qu'ils ont perdus.

Dans plusieurs districts du *Chant-Si* et du *Chen-Si*, vers les confins de la *grande muraille*, comme aussi dans quelques villages de la province de Pékin, il est certains personnages connus sous le nom de *I-Huo-Foo*, ou dieux incarnés, qu'on adore même de leur vivant. Ces espèces de *Lama*, qu'on ferait mieux d'appeler les démons incarnés, tant ils ont le génie et la puissance du mal, s'affranchissent impunément des devoirs les plus sacrés, sous prétexte que l'apothéose légitime consacre leurs monstrueux excès, et n'en exercent pas moins sur la multitude, fascinée par leurs prestiges, un empire aussi aveugle qu'absolu.

Il est encore d'autres sectes qui décernent un culte au firmament, au soleil, à la lune, aux planètes, à l'étoile polaire, et même à certains démons. Dispensez-moi de les suivre dans ces mille voies de l'erreur, où l'esprit humain s'enfonce de ténèbre en ténèbre, quand il n'est pas guide par la lumière surnaturelle de la foi. Telle est d'ailleurs la confusion qui résulte de toutes ces superstitions, multipliées à l'infini, diversifiées selon la nature des climats, l'usage des province, l'intérêt des professions et le caprice des individus, qu'en parlant de l'idolâtrie chinoise, je n'ose rien affirmer d'universel, je m'abstiens de signaler aucuns caractères généraux. Ce qui est absolument hors de doute, c'est qu'ici l'ensemble des mystèmes religieux n'est qu'un amas de contradictions, d'extravagances et de fables, plus dignes de la pitié que de l'étude d'un chrétien.

« A côté de ces religions indigènes, sont venus s'implanter les cultes judaïque et musulman. Les sectateurs de Mahomet sont connus sous le nom de *Huei-Huei-Kioâ*, ou bien *Kioó-Men*; ils sont nombreux et résident principalement dans les provinces du *Chan-Si*, du *Chen Si*, du *Ho-Nan*, et du *Hou-Pé*. Quant aux Juifs, ils forment une population beaucoup moins considérable. On les appelle *Huei-Huei-Qu-Kiaó*. Leurs rabbins se nomment *Aron-nisti* ou *Aahuon*. Ici, comme partout, ces étrangers sont l'objet d'une haine instinctive et universelle. C'est, sans doute, pour échapper à l'animadversion publique, en s'effaçant, qu'ils vivent autant que possible dispersés ; car dans les quatre provinces que j'ai citées plus haut, vous ne trouveriez pas un seul village tout composé d'Hébreux.

S'ils se sont bien écartés de leurs anciennes lois, ils ont toujours pour caractère distinctif la duplicité, l'injustice et l'usure ; on peut sans calomnie affirmer qu'ils sont pires que les païens.

Le calendrier chinois doit aussi être cité quand on parle de la religion de l'empire, puisqu'il en est en quelque sorte le complément. On le règle sur les phases de la lune. Chaque jour de l'année est inscrit avec son pronostic, qui détermine à l'avance les jours heureux et les jours néfastes. Dans ceux qui sont marqués d'un signe funeste, aucun païen n'oserait ensevelir ses morts, conclure un mariage, faire un festin de noces, ni entreprendre une affaire de quelque importance. Ne pensez pas qu'il soit libre à chacun d'interpréter l'avenir à son gré, et d'assigner un bon augure au jour de son choix. Non ; ce genre de prophétie constitue ici un monopole. Tous les calendriers qu'on répand dans les provinces doivent concorder, surtout en ce point capital, avec le calendrier impérial de la cour, oracle breveté et régulateur unique du bon et du mauvais temps.

Malheur à qui enfreindrait cette loi ! il serait puni d'une façon exemplaire. Il n'y a que les bonzes de la secte des *Lamas*, appelés auprès de l'empereur pour remplir les fonctions de devins, qui aient ce singulier privilége, en vertu de la prescience et du don de sagesse qu'ils se vantent d'avoir reçu des dieux. Ces bonzes sont actuellement les favoris de l'empereur, qui les consulte dans toutes les affaires d'état.

Je terminerai cette longue lettre par un coup d'œil rapide sur les mœurs et les coutumes de la Chine. Elles ont pour la plupart leur origine dans l'enseignement des anciens philosophes, à la tête lesquels l'opinion a justement placé Confucius. Les écrits de ce sage, aussi bien que ceux de ses principaux disciples, sont les plus accrédités dans l'empire, et sont regardés par tous ses compatriotes comme autant d'oracles, descendus du ciel pour apprendre aux hommes la route du bonheur. Cette voie de la félicité, quelle est-elle ? tous les docteurs chinois en parlent ; aucun d'eux n'a su la définir. Connaître et interprêter les œuvres des philosophes est une condition indispensable pour avoir du crédit et jouir de l'estime auprès des hautes classes ; mais c'est aussi à quoi se réduit toute la sagesse d'un lettré. J'ai dans ce moment entre les mains ces livres si fameux ; je les relis depuis quelques jours ; et je n'y trouve qu'un amas informe d'assertions sans preuves, de préceptes moraux sans suite et sans unité, dont le vide se cache sous les périodes arrondies et un style pompeux. Il est incontestable pour quiconque en fait une lecture attentive, que leurs auteurs ont entrevu l'unité de Dieu ; mais ils en ont parlé d'une manière si confuse, tant de commentateurs se sont fatigués à en obscurcir le sens sous prétexte de l'éclaircir, tant de rêveries sottes et étrangères ont défiguré le texte primitif, qu'aujourd'hui leur pensée est méconnaissable à l'œil même d'un sage chinois.

« † Fr. Joseph,

Vic. apost. du Hou-Kouang. » *Lettre du général des Franciscains.*

LIMOGES. — IMPRIMERIE DE CHARLES BARBOU.

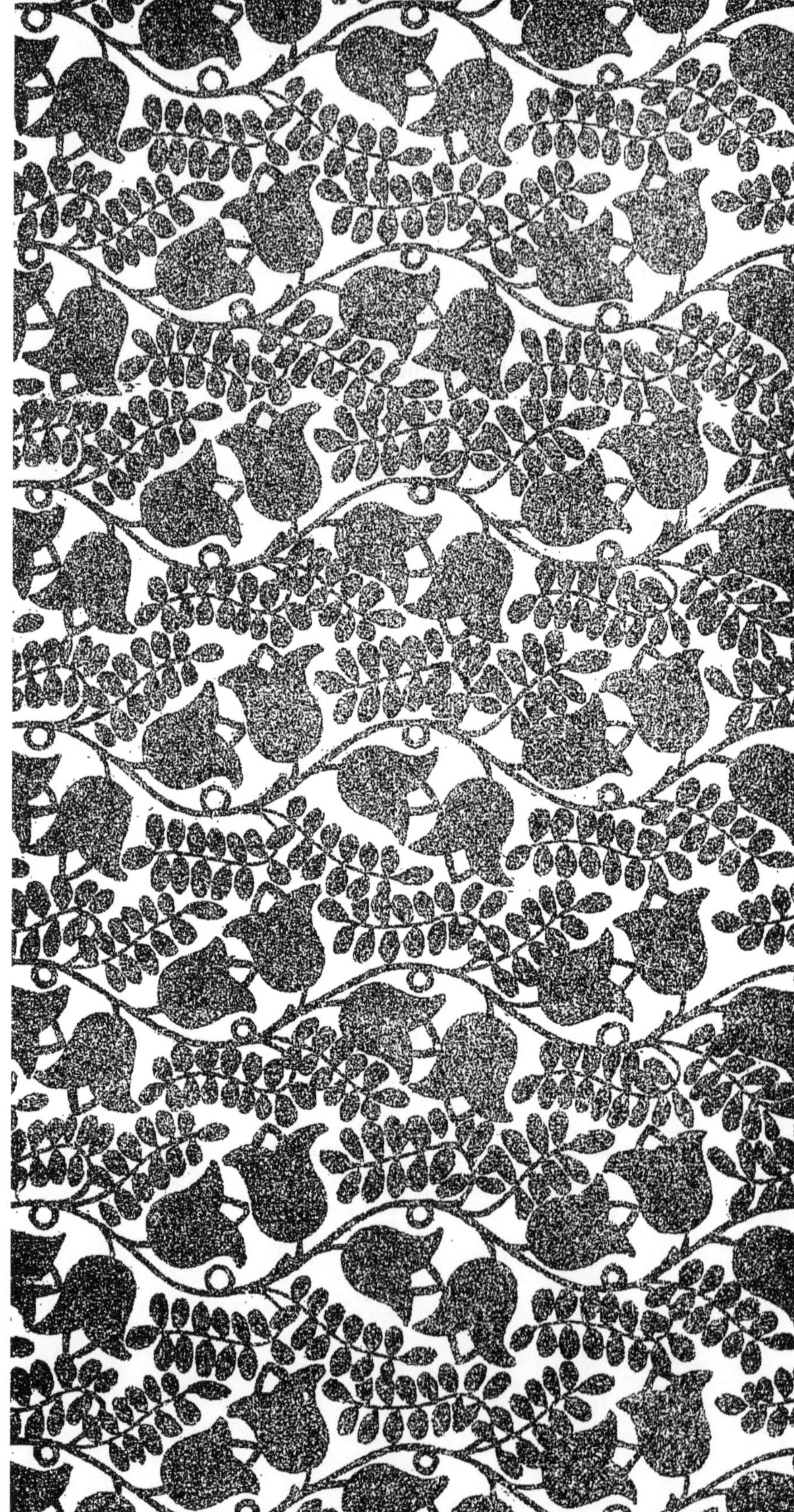

www.ingramcontent.com/pod-product-compliance
Ingram Content Group UK Ltd.
Pitfield, Milton Keynes, MK11 3LW, UK
UKHW020347230726
13925UKWH00003B/1006